로크미디어가
유혹하는
재미있는 세상

천외천의 주인 5

2020년 11월 11일 초판 1쇄 인쇄
2020년 11월 16일 초판 1쇄 발행

지은이 한수오
발행인 이종주

총괄 김정수
경영지원 배진경 임혜솔 송지유

기획 팀 이기헌 왕소현 박경무 강민구
책임 편집 오영란

발행처 (주)로크미디어
출판등록 2003년 3월 24일
주소 서울시 마포구 성암로 330 DMC첨단산업센터 3층 318호, 319호
Tel (02)3273-5135 **편집** 070-7863-8596 **Fax** (02)3273-5134
홈페이지 rokmedia.com **E-mail** rokmedia@empas.com

ⓒ 한수오, 2020

값 8,000원

ISBN 979-11-354-8627-2 (5권)
ISBN 979-11-354-8621-0 04810 (세트)

한수오 신무협 장편소설

5

천외천의 주인

| 환란의 시대 |

차례

기인이사奇人異士 (1)

제갈명을 통해서 자리를 비운 동안의 상황을 보고받은 설무백은 여독을 푼다는 명목으로 거처로 돌아와서 세 사람만 따로 불렀다.

환사와 천월, 그리고 공야무륵이 바로 그들이었다.

"내 입으로 소개해야 할 것 같아서……."

설무백은 먼저 환사와 천월에게 공야무륵을 소개했다.

"월마 어른의 후예입니다."

더 이상의 소개는 필요 없었다.

"네가 월마 어르신의 후예라고?"

환사가 반색하며 웃음을 터트렸다.

"어쩐지 묘하게 낯설지 않다 했다. 으하하하……! 반갑다,

반가워. 살다 보니 이런 날도 오는구나. 으하하하……!"

공야무륵이 어리둥절 눈을 끔뻑이며 특유의 미욱한 표정을 드러냈다.

천월이 그 모습을 보고 나섰다.

"이놈은 원래 이런 놈이다. 감정의 기복이 심해서 매사에 도무지 앞뒤가 없어요. 정식으로 소개하마. 환사 저 녀석은 천인랑의 후손이고, 나는 지인랑의 후손이다."

"아……!"

공야무륵의 눈이 커졌다.

"그렇군요. 작고하신 조부께 얘기는 많이 들었습니다. 쌍영과 쌍신은 비록 서로 다른 방법으로 낭왕을 모셨지만, 한 몸과 다름없다고 하셨지요."

공야무륵이 자리에서 벌떡 일어나서 더 할 수 없이 정중하게 포권의 예를 취했다.

"말로만 듣던 분들의 후인분들을 이렇게 직접 만나 뵙게 되다니 정말이지 감개무량합니다."

곧바로 천월, 그리고 뒤늦게 사리를 분별한 환사가 간발의 차이로 일어나서 마주 공수했다.

천월이 말했다.

"자네 말마따나 쌍영과 쌍신은 비록 서로의 영역은 달랐으나, 한 몸처럼 낭왕을 섬겼다는 얘기를 우리도 철들기 전부터 들으며 자랐다네. 해서, 언제고 기필코 찾아보리라 다짐했음에도 불구하고 도통 길이 열리지 않아서 답답했는데, 이렇게 만나게 되다니, 정말 반갑네."

반가운 인사가 끝나고 다들 다시 자리에 앉기 무섭게 환사가 깜빡했다는 듯 이마를 치며 호들갑을 떨었다.

"주군, 신영 어른의 후예에 대한 정보를 우리가 가지고 있습니다."

"그렇습니까?"

설무백은 반색했다.

일이 풀리려니 이렇게 술술 풀리는 경우도 있구나 싶었다.

환사가 설명했다.

"예, 주군. 낭왕 어르신의 묘지를 찾느라 혈안이 되어서 잠시 확인을 뒤로 미루었는데, 작금의 강호에서 유명세를 떨치는 독행대도 대력귀(大力鬼)가 신영 어른의 후인일지도 모릅니다."

설무백은 관심을 보이지 않을 수 없었다.

"그럴 만한 이유가 있겠죠?"

환사가 대답했다.

"그자가 신영 어른의 신물인 죽화선(竹花扇)을 가지고 있다는 소문을 들었습니다."

설무백은 눈을 빛냈다.

다른 사람이라면 소문은 단지 소문일 뿐이라고 치부할 수도 있겠으나, 그는 달랐다.

강호 무림의 소문은 의외로 정확한 구석이 있다고 믿었다.

아니 땐 굴뚝에서 연기가 날 수 없다는 격언이 가장 잘 드러나는 세상이 바로 강호 무림이었다.

"확인할 필요가 있겠네요."

설무백은 나직이 중얼거리면서 공야무륵에게 시선을 주었다.

공야무륵이 대번에 그의 의중을 읽으며 말했다.

"화사에게 지시해 놓겠습니다."

설무백은 고개를 끄덕이는 것으로 수락하고, 대뜸 손뼉을 쳐서 주위를 환기시키며 자리를 끝냈다.

"자, 인사들 끝냈으면 이제 그만 돌아가서 쉬던지, 아쉬우면 술이라도 한잔하며 회포를 풀던지 하세요. 나는 생각할 게 좀 있어서 빠질 테니까."

환사와 천월, 공야무륵이 두말없이 자리를 털고 일어났다.

술이라는 말에 다들 눈빛이 달라져 있었다.

공야무륵이 두주불사라는 것은 익히 잘 알고 있었으나, 이제 보니 환사와 천월도 그런 모양이었다.

설무백은 서둘러 밖으로 사라지는 그들을 보며 잠시 고소를 금치 못하다가 이내 묘한 기분에 사로잡혔다.

사실 그는 풍잔으로 돌아온 이후 한 가지 흥미로운 점을 발견했다.

식구들 모두가 그의 변화를 전혀 느끼지 못하고 있다는 사실이 바로 그것이었다.

내색할 상황이 아니라서 혹은 굳이 내색할 이유가 없어서 그런 것으로는 보이지 않았다.

말 그대로 그의 변화를, 가없는 그의 비약을 전혀 인지하지 못하는 것 같았다.

다른 사람은 몰라도, 그가 가장 높이 평가하는 예충이나 공야무륵이라면 어느 정도 간파할 줄 알았는데, 전혀 그렇지 않았다.

예충도 전혀 눈치채지 못한 기색이었고, 방금 전까지 내내 함께 하고 있던 공야무륵도 그의 변화를 감지한 기색이 전혀 없었다.

이는 환골탈퇴를 거치며 비약한 그의 경지가 평범한 사람처럼 보이게 된다는 반박귀진과 노화순청(爐火純靑)의 단계로 접어들어서 화경(化境)에 이르렀다는 의미였다.

즉, 지금의 그는 전생의 그인 흑사신의 능력도 상회하는 진정한 출신입화지경(出神入火之境)에 발을 들여놓은 것이다.

설무백은 그 자신도 처음 들어선 경지라 뒤늦게 그것을 깨달으며 매우 고취되었다.

이제야말로 그간 구상했던 모든 것을 제대로 실천하기 위한 만반의 준비를 갖춘 것이다.

'아직 때가 아니지만, 우선 희여산의 문제를 먼저 처리해야 한다!'

제갈명의 보고 중의 하나였다.

보름 전 북련의 총사인 희여산이 남몰래 홀로 풍잔을 다녀 갔다.

제갈명이 그가 수련에 들어서 만날 수 없다고 통보하자, 그 녀는 의외로 순순히 돌아갔다고 했다.

희여산은 그리 순순히 물러날 여자가 아니었다.

이는 그녀가 이제야 그에 대한 모든 조사를 끝내고 그의 말 이 사실임을 인정했다는 방증이었다.

다만 북련의 총사로서 남북대전의 전면에 서야 할 그녀가 고작 그와 같은 사실이나 밝히자고 그를 찾아왔다는 볼 수 없 었다.

분명 무언가 다른 사연이 있을 테고, 그렇다면 그녀의 성격 상 그대로 포기하지는 않을 터였다.

'분명 다시 찾아온다!'

게다가 그가 해결해야 할 문제는 그녀만이 아니었다.

폭호채의 태도도 거슬렸다.

그냥 넘어가지 않을 사람이 그냥 넘어가는 것은 그만한 이 유가 있기 때문이다.

그는 제갈명의 의견에 동의하고 있었고, 그중에서 후자의 경우를 염두에 두고 있었다.

폭력적인 사람이 문제를 해결하는 방법은 가장 쉽게 선택할 수 있는 폭력이 아니겠는가.

어쩌면 누군가 벌써 난주에 입성해서 기회를 엿보는 중일지도 몰랐다.

'화근이 될 만한 싹은 미리 자르는 게 옳다!'

설무백이 내심 그렇게 마음을 다잡을 때.

사도 목진경이 그를 방문했다.

이런저런 생각에 빠져 있던 설무백이었지만, 멀리서부터 은밀하게 다가오는 기척을 금세 알아차렸고, 이내 그 기척이 낮에 돌려보냈던 사도 목진경이라는 것을 인지했다.

'인정, 아니면 고집?'

냉정하게 현실을 직시하고 인정한 것이라면 얼마든지 받아 줄 용의가 있었다.

하지만 자신의 부족함을 알면서도 그저 분함을 이기지 못해 그를 노리는 아집이라면 굳이 그를 거둘 이유가 없었다.

목진경은 그가 기억하는 전생의 흐름과 달리 우연찮게 혈영을 만난 이후부터 어느 정도 준비가 되면 거두리라 마음먹은 다수의 인물들 중의 한 명일뿐이었다.

지금 당장 두 팔을 걷어붙이고 나서도 그들의 절반조차 제대로 거둘 수 없는 이 마당에, 자신이 당면한 현실조차 제대로 직시하지 못하는 자에게 시간을 낭비할 여유는 없었다.

하지만 안타깝게도 아집인 모양이었다.

소리 없는 바람처럼 은밀하게 다가와서 창가에 달라붙는 목진경의 행동은 자객이면 자객이었지, 손님이라고 볼 수는 없었다.

이에 설무백이 절로 눈살을 찌푸리는 그때, 혈영의 목소리가 들려왔다.

-처리할까요?

설무백은 내심 놀랐다.

지근거리로 다가선 목진경의 기척을 감지하는 정도야 그가 아는 혈영의 능력이라면 충분히 가능한 일이었다.

하지만 전음이라니?

제아무리 뛰어난 무인도 내공이 최소한 일 갑자는 넘어야 가능한 것이 전음입밀이다.

그가 아는 이전의 혈영은 할 수 없던 수법이었다.

설무백이 전음으로 말했다.

-뭐야, 이거? 깜짝 선물인가?

혈영이 대답했다. 역시나 전음이었다.

-두 달은 수련하는 흉내만 내고 있기에 너무 지루하고 또 아까울 정도로 긴 시간입니다.

-그래서 진짜로 수련을 했고, 지금 자랑을 하는 거다?

-다른 사람에게는 몰라도 주군에게는 이상하게 칭찬을 받고 싶어집니다.

설무백은 혈영의 아부 아닌 아부에 상관없이 매우 흐뭇한 마음이 되었다.

지난 두 달은 그를 위한 시간만이 아니었다.

그가 기연을 만나서 비약했다면 혈영은 혼자만의 노력으로 새로운 경지에 올라선 것이다.

그는 기꺼이 칭찬했다.

─잘했다. 아주 훌륭해.

혈영이 막상 칭찬을 들으니 쑥스러운 듯 잠시 뜸을 들이다가 말문을 돌렸다.

─어떻게 할까요, 저놈?

─아직 무슨 마음으로 왔는지 모르니까 그냥 둬. 내가 알아서 처리하지.

설무백은 혈영을 제지함과 동시에 가볍게 손을 흔들었다.

가벼운 기류가 그의 손에서 일어나며 창문이 활짝 열렸다.

창문이 열렸으나, 거기 달라붙어 있던 목진경이 모습은 보이지 않았다.

문이 열리는 순간에 모습을 감춘 것이었는데, 무백은 목진경이 빠르게 물러나서 전각의 처마에 박쥐처럼 거꾸로 매달려 몸을 숨기는 일련의 과정까지 두 눈으로 직접 보는 것처럼 선명하게 느낄 수 있었다.

그는 말했다.

"볼일이 남아서 돌아왔으면 괜히 시간 끌지 말고 어서 그냥 들어와."

목진경이 대답하지 않고 침묵했다.

설무백은 정말 걱정스럽다는 어조로 한마디 더했다.

"거기 그러고 있다가 다른 사람들에게 들키면 너무 창피하지 않겠나?"

목진경이 이내 참혹하게 일그러진 얼굴을 드러내며 안으로 들어왔다. 그리고 창가에 서서 오기를 부렸다.

"내가 돌아올 줄 알고 긴장하고 있었군. 겁이 나도 아주 단단히 났던 거야. 그러니 이렇게 내 기척을 금방 알아차렸겠지. 안 그래?"

설무백은 심드렁하게 반문했다.

"정말 그렇게 생각하나?"

목진경이 벌컥 화를 냈다.

"여태 내가 노려서 죽이지 못한 자는 없었다! 너도 다르지 않아! 내가 작심하고 노렸다면 너도 틀림없이 죽었을 거다!"

설무백은 무심하게 대꾸했다.

"여전히 아쉽나? 다시 기회를 줄까?"

목진경이 대꾸는 않고 두 눈을 뒤룩거렸다.

붉게 충혈된 그의 두 눈이 분노한 듯 미운 듯 설무백을 노려보고 있었다.

설무백은 그의 그런 눈을 피하지 않고 마주보다가 불쑥 물었다.

"작심하고 나를 죽이려고 한 것이 아니라면 대체 왜 나를 찾아온 거지?"

목진경이 역시나 입을 열지 않고 침묵했다.

설무백은 냉정하게 다그쳤다.

"왜 다시 나를 찾아온 거냐고 물었다."

목진경이 대답 대신 지그시 어금니를 악물었다.

그의 눈가에 경련이 일어나고, 두 눈동자가 도무지 초점을 맞출 수 없을 정도로 심하게 흔들렸다.

오만가지 생각이 한데 뒤엉켜서 정신을 차리지 못하는 것 같은 모습이었다.

설무백은 격하게 동요하는 그의 심중을 읽으며 더 냉담하게 추궁하듯 말했다.

"너의 진짜 원수는 내가 아니다. 다른 자들이지. 근데, 작심하고 노리면 누구라도 죽일 수 있다고 말하는 너는 왜 그들이 아니라 나를 찾아와서 이리 분해하는 걸까?"

그는 한층 더 불안하게 흔들리는 목진경의 눈초리를 직시한 채로 특유의 미온한 미소를 드리우며 자신이 던진 질문에 스스로 답했다.

"겁이 나는 거다. 무서운 거다. 그들로 인해 네 바닥이 드러났거든. 그간 자신이 우물 안 개구리에 불과했다는 사실을 깨달은 거지."

그는 말을 하면서 목진경에게 다가섰다.

"어쩌면 너는 아버지가 죽어 가는 모습을 숨어서 지켜봤을지도 모른다. 부들부들 떨면서 말이다. 그래서 이러는 거다. 치기 어린아이처럼 떼를 쓰는 거다. 이렇게 불쌍한 나를 왜 도와주지 않느냐고!"

그는 순간적으로 발을 들어서 목진경의 복부를 걷어찼다.

뻔히 보였지만 피할 수 없는 기묘한 발길질이었다.

"억!"

목진경이 신음을 토하며 새우처럼 허리를 접는 와중에 본능적으로 칼을 뽑아서 휘둘렀다.

반사적인 반격, 빠르고 예리했다.

그러나 소용없었다.

설무백은 아무렇지도 않게 손을 내밀어서 그 칼날을 잡아챘다.

거무튀튀하면서도 청광으로 번들거리는 손, 신공을 대성한 이후 아직 이름조차 붙이지 못한 청마수와 구철마수(九鐵魔手)의 조화였다.

목진경이 속절없이 칼을 놓쳤다.

칼의 손잡이를 잡고 있는 그의 손이 칼날을 잡은 설무백의 완력을 전혀 감당하지 못했다.

초식의 변화에 따른 고하라기보다는 엄청난 공력의 차이였다.

그냥 힘에서 눌리는 것이었다.

설무백은 낚아챈 칼을 앞에 내려놓았다.

목진경이 끝내 앞으로 엎어진 채로 불신과 경악의 눈초리를 던졌다.

설무백은 그 앞에 쪼그리고 앉아서 시선을 마주하며 하던 말을 계속했다.

"아무리 봐도 기댈 수 있고, 도움을 받을 수 있는 사람 같은데, 도와줄 생각은 하지 않고 자존심만 박박 끓으며 내치니 억울하고 분한 거야. 한마디로 되지도 않는 어리광을 부리는 거지."

그는 육체의 고통보다 마음의 상처로 인해 한껏 일그러진 목진경의 얼굴을, 정확히는 턱을 손으로 움켜잡으며 탄식하듯 말했다.

"어리광을 부리는 것은 좋아. 그 정도는 봐줄 용의가 있어. 근데, 물러설 때를 알면서도 고작 자존심 때문에 무시하는 바보짓은 절대 용납할 수가 없다."

그는 목진경의 턱을 움켜잡고 있던 손을 거두고 물러나며 무심한 듯 냉정하게 물었다.

"자, 이제 결정해라. 어떻게 할 테냐? 나는 준비가 되었는데, 너는 여전히 아직이냐?"

불같이 이글거리는 눈빛으로 그를 쏘아보던 목진경이 이내 갑자기 쳐든 고개를 숙여서 이마를 바닥에 찧었다.

바닥이 울리도록 거칠게 한 번, 두 번, 세 번, 네 번, 다섯 번……!

쿵! 쿵! 쿵……!

이내 그의 이마가 깨져서 피가 나고, 그 피가 사방으로 튀었다.

설무백은 막지도, 제지하지도 않고 가만히 앉아서 무심하게 그 모습을 지켜보았다.

이윽고, 십여 번이 더 지나고 나서야 목진경이 선혈이 낭자한 얼굴을 쳐들어서 그를 보았다.

육체의 고통으로 자존심을 죽인 것일까?

목진경의 눈빛은 처음 안으로 들어설 때와 사뭇 다르게 고요했다.

그 상태로, 그가 말했다.

"저를 거두어 주십시오!"

설무백은 무심한 눈빛으로 선혈이 낭자한 사도 목진경을 모습을 묵묵히 바라보았다.

그때 인기척이 들리며 누군가 문을 두드렸다.

"잠시 들어가도 되겠습니까?"

예충이었다.

"들어와요."

"어라……?"

예충이 문을 열고 안으로 들어서다가 목진경을 발견하고는 어리둥절한 표정이 되었다.

"이 녀석이 언제……?"

설무백은 대수롭지 않게 말을 잘랐다.

"신경 쓰지 마요. 이제 막 할 얘기를 다 끝냈으니까."

예충의 눈빛이 복잡 미묘한 감정을 담았다.

적잖게 당황하고 놀란 가운데 이해할 수 없는 의혹의 그림자가 드리워진 눈빛이었다.

그의 입장에서는 그럴 수밖에 없었다.

예충은 설무백의 거처와 불과 대여섯 장밖에 떨어지지 않은 곳에 있었다.

그런데 그런 지근거리에서 이런 일이 벌어지는 동안 그는 아무것도 감지하지 못했다.

이것은 설무백이 내공의 힘으로 주변을 차단했다는 것을 의미했다.

이전의 설무백에게는 불가능한 일이었다.

적어도 그가 아는 설무백은 내공으로 주변을 차단한 상태에서 작금의 강호에서 내로라하는 살수인 사도 목진경을 이처럼 아무런 손해 없이 제압할 수 있을 정도의 사람은 아니었던 것이다.

설무백이 그런 그의 속내를 읽으며 태연하게 말했다.

"이상하게 생각할 것 없어요. 별일도 아닌데 괜히 수선 떨 필요 없잖아요."

설무백의 설명으로 자신이 예상한 대로의 상황이었음을 확인한 예충은 한숨을 내쉬듯 자조적인 목소리로 말했다.

"아무래도 내가 늙은 모양이군요. 주군을 이리 허투루 평가하고 있었으니 말입니다."

설무백은 무심하게 말을 받았다.

"너무 익숙해져서 잊었나 보지요. 내가 다른 사람들과 다른 종자라는 사실을 말입니다."

예충이 인정했다.

"그랬나 봅니다. 이제부터라도 각별히 신경 쓰도록 하겠습니다."

의미심장한 말이었다.

그는 여전히 과거의 약속을 기억하며 기대하고 있다는 사실을 은근히 드러낸 것이다.

설무백은 그저 가볍게 고개를 끄덕이는 것으로 그의 말을 받아넘기며 물었다.

"그보다 무슨 일입니까?"

"아……!"

예충이 깜빡했다는 듯 안색을 바꾸며 말했다.

"개방의 애송이가, 그러니까 천이탁이 왔습니다. 근데, 이삿짐을 잔뜩 싸들고 왔는걸요?"

"이삿짐이라니요?"

"낸들 알겠습니까. 나가 보시죠? 후문입니다. 나름 변복을 하고 와서 일단 후원으로 들였습니다."

설무백은 묵묵히 고개를 끄덕이며 일어나서 여전히 바닥에 무릎 꿇고 있는 목진경을 일별하며 말했다.

"데려가서 좀 씻기고, 제갈명의 거처로 데려다 줘요. 저 친구를 어떻게 쓰는 게 좋을지 한번 구상해 보라고."

예충이 미심쩍은 표정으로 목진경을 보며 확인했다.

"풍잔의 식구가 되겠답니까?"

"그렇다네요."

설무백은 짧게 대꾸하며 거처를 벗어나서 후원으로 나섰다.

후원은 난장판이었다.

세 대의 우마차에 산더미처럼 그득 실린 짐을 별채로 나르는 중이었는데, 사방에 풀어헤쳐진 짐짝과 그 짐짝을 나르느라 분주히 움직이는 낯선 자들의 왁자지껄함도 어지러웠지만, 그들에게 지시를 내리는 천이탁이 고래고래 악을 쓰고 있어서 더욱 정신이 없었다.

"야야, 그거 말고 저거부터! 그래, 그거! 어이, 황탁(黃鐸)! 누가 그거 먼저 풀랬어! 그건 가장 나중에 들여야지! 조삼(組參) 너, 그거 깨지면 아주 죽는다!"

먼저 나와서 장내의 상황을 지켜보고 있던 제갈명이 재빨리 설무백의 곁으로 달려왔다.

설무백은 그런 그를 외면하고 조용히 천이탁의 뒤로 다가가서 어깨를 두드렸다.

"이게 다 뭐냐?"

"어, 왔어?"

천이탁이 반색하며 설명했다.

"뭐긴 뭐야. 네 부탁을 실천에 옮기기 위한 물건들이지. 내

가 이거 다 준비하느라 얼마나 고생했는지 알면 너 정말 까무
러칠 거다. 흐흐흐……!"

설무백은 우마차의 짐과 장내에 널브러진 짐 꾸러미들을
둘러보았다.

아무리 봐도 가구와 생필품들이 다였다.

"이게 다 일반적으로 쓰이는 가구와 생필품이 아니라는 거
냐?"

"당연하지."

천이탁이 딱 잘라 말했다.

"우리 개방에서만 쓰는 물건들이니까."

설무백은 당최 이해할 수가 없어서 절로 쓰게 입맛을 다셨
다.

그로서는 다른 점을 전혀 발견할 수 없었다.

"그래 이걸 마련하느라 두 달씩이나 걸렸다는 거냐?"

눈총을 주는 설무백을 향해 천이탁이 의미심장하게 웃었
다.

그러고는 아직 겉을 감싼 천을 벗기지 않아서 천막처럼 보
이는 마지막 하나의 우마차 앞으로 가서 손가락을 까딱였다.

"이리 와 봐."

설무백이 이건 또 뭔가 싶은 표정으로 다가서자, 천이탁이
보란 듯 우마차를 감싼 천을 활짝 걷었다.

설무백은 절로 눈이 커졌다.

놀랍게도 그 우마차에 산처럼 쌓인 것은 다른 두 개의 우마 차에 실린 가구나 생필품 같은 짐이 아니었다.

대나무를 촘촘하게 엮은 작은 새장들이었고, 그 속에는 저 마다 두 마리의 비둘기들이 들어 있었다.

다해서 수백, 아니, 얼추 천을 헤아리는 숫자의 비둘기들 이었다.

천이탁이 어깨를 으쓱이며 말했다.

"엄청나지? 우리 북개방이 관할하는 모든 도성과 연결된 전서구들이다. 총타 수준에는 못 미치지만 능히 분타 수준은 넘어서는 양이지. 이제부터 너는 우리 북개방의 모든 정보를 공유할 수 있게 된 거다. 어때? 신나지? 흐흐흐……!"

설무백은 신나하지 않았다.

오히려 삐딱하게 바뀐 시선으로 천이탁을 바라보았다.

"너 대체 무슨 속셈이냐? 우리 풍잔에다 개방의 분타를 차 려서 어쩌자는 거야?"

천이탁이 웃음기를 지우며 눈을 멀뚱거렸다.

"이게 또 그렇게도 볼 수 있는 문제인 건가?"

설무백은 냉담하게 말했다.

"경고하는데, 내가 원하는 것은 정보뿐이다. 괜히 허튼 수 작부리다간 너나 네 사부는 물론, 북개방의 총타까지도 매우 피곤해질 거다. 명심해. 이거 그냥 하는 말 아니다."

"어련하겠냐. 걱정 마라. 다른 수작 같은 거 없으니까."

천이탁이 태연히 대구하며 천연덕스러운 웃음으로 그의 경고를 받아넘겼다.

가히 적수를 찾기 어려운 넉살이었다.

그런데 그런 그와 달리 반발하며 나서는 사람이 있었다.

"젊은 친구 입이 너무 걸군. 전후 사정이야 익히 들었다만, 해도 정도껏 해야지. 그따위 희떠운 소리를 마구 지껄이더니, 우리 북개방이 그리도 우습게 보인다는 겐가?"

천이탁의 주변을 서성거리던 노인이었다.

마마를 앓은 흔적인 곰보가 두드러진 얼굴에 칼처럼 찢어진 눈매가 사납게 보이고, 자랑처럼 아래로 늘어트려서 드러낸 허리띠의 매듭이 무려 일곱 개, 칠결(七結)이었다.

즉, 무려 장로의 신분인 것이다.

설무백은 곱지 않은 시선으로 눈앞의 늙은 거지를 바라보았다.

그때 언제인지 모르게 나타나서 그의 곁으로 다가온 공야무륵이 늘 그렇듯 무미건조하게 물었다.

"죽일까요?"

설무백은 슬쩍 손을 들어서 그를 막으며 북개방의 장로인 늙은 거지를 향해 물었다.

"이 친구의 말도 희떠운 소리로 들리시나?"

늙은 거지의 얼굴에 푸른빛이 감돌았다.

심중의 분노가 용암처럼 비등하는 모습이었다.

그러면서도 정작 손을 쓰지 않는 것은 공야무륵의 기도가 예사롭지 않음을 간파한 것이리라.

천이탁이 화들짝 놀라며 두 사람 사이로 끼어들었다.

"자, 잠깐! 자자, 이러지들 마시고, 진정! 진정! 서로 좋자고 하는 일인데, 시작부터 이러면 어디 쓰나요."

그는 늘 그렇듯 호들갑스럽고 장황한 태도로 중재에 나섰다.

"우리는 뜻하지 않게 오해의 소지를 제공했고, 그쪽은 오해하는 바람에 본의 아니게 말이 거칠게 나온 거니까, 우리 서로 오해만 풀면 간단하게 해결될 문제인데, 이리 험악할 필요 없잖아요. 우리 대화로 풉시다, 대화로! 안 그래 설 공자? 안 그렇습니까, 막 장로님?"

남북개방을 막론하고 장로급의 인물이라면 강호 무림에서 최고의 명숙으로 통한다.

감히 누구도 함부로 대할 수 없는 인물인 것이다.

천이탁이 굳이 장로라는 명칭을 강조한 것은 아마도 그 때문일 것이다.

하지만 살살거리는 천이탁의 노력과 개방의 장로라는 압력에도 설무백은 조금도 휘둘리지 않고 어디까지나 냉담하게 물었다.

"서로 좋자고 하는 일이 확실한 건가?"

천이탁이 주저하지 않고 대답했다.

"그야 당연하지."

설무백은 냉담하게 충고했다.

"서로 좋자고 하는 일이면 서로에게 이득이 되기에 같이하자는 얘기고, 그건 서로 상하관계가 없다는 뜻이지. 그러니 앞으로는 예의를 지켜."

"예의?"

"상대와 연관된 일을 벌이려면 미리 알리고 허락을 받으라는 소리다. 그 정도 예의를 바라는 게 무리는 아니겠지?"

천이탁이 미소를 잃지 않는 얼굴로 맞장구를 치듯 대답했다.

"물론 아니지. 앞으로는 그러도록 할 테니까, 일단 우리 서로……."

"그거면 됐다."

천이탁의 말이 채 끝나기도 전에 설무백이 그의 말을 끊으며 말했다.

"오늘 일은 내가 양보하고 그냥 넘어갈 테니, 앞으로 같은 실수가 없길 바란다. 지금은 바쁜 것 같으니까 나머지 얘기는 나중에 다시하기로 하지."

그는 그 말을 끝으로 천이탁에게 대꾸할 기회조차 주지 않고 돌아서서 그대로 후원을 빠져나갔다.

멋쩍은 기색의 제갈명과 싸늘한 눈초리로 한차례 그들을 훑어본 공야무륵이 그의 뒤를 따라서 후원을 벗어났다.

늙은 거지, 북개방의 막 장로가 그제야 어이없다는 듯 허허로운 웃음을 흘렸다.

"저놈 저거 젊은 놈이 왜 저리 까칠해?"

천이탁이 쓰게 입맛을 다시며 대답했다.

"모르죠. 기선 제압이라도 하고 싶었던 모양이죠, 뭐."

그는 곧바로 진지해져서 말을 덧붙였다.

"하여간 이제 장로님도 여기가 용담호굴(龍潭虎窟)이라는 걸 아셨을 테니, 되도록 자중하세요. 방주님의 명령, 잊지 않으셨죠?"

막 장로가 어쩔 수 없다는 듯 쓰게 입맛을 다시며 한숨을 내쉬었다.

"안다. 아니 이러고 있는 게 아니냐."

기인이사奇人異士 (2)

"대체 왜 그리 까칠하게 구신 겁니까?"

후원을 벗어나는 설무백을 허겁지겁 따라나선 제갈명이 개방의 장로라는 늙은 거지와 같은 질문을 던지고 있었다.

설무백은 대수롭지 않게 대꾸했다.

"그가 누군지 아니까."

제갈명의 두 눈이 휘둥그레졌다.

"아니, 그럼 그가 파면개(破面丐)라는 걸 알고도 그랬다는 겁니까?"

설무백은 심드렁하게 말했다.

"알지 왜 몰라. 개방의 장로 중에 그런 곰보가 몇이 된다고 그걸 내가 모르겠어?"

제갈명이 머리를 한 대 맞은 표정으로 눈을 끔뻑거렸다.

말이야 옳았다.

북개방의 장로가 아무리 많다고 해도 곰보 얼굴을 가진 장로는 오직 하나뿐이었다.

현 북개방의 방주인 홍염개(紅髥丐)이건(李乾)의 막내 사제인 파면개(破面丐) 막동이 바로 그였다.

그러나 지금 문제는 그걸 알고 모르고가 아니질 않는가.

아니, 그걸 알고서도 그랬다니 더욱 이해할 수 없었다.

그는 답답한 가슴을 억누르며 말했다.

"저, 저기 주군, 정말 제대로 아시는 겁니까? 파면개는 현 북개방의 방주인 홍염개의 사제들 중에서 비록 막내지만 선두를 다투는 고수입니다. 일각에서는 차기 방주로 지목할 정도로 말입니다. 그런 위인을 그처럼 도발하시면⋯⋯."

설무백은 슬쩍 손을 들어서 그의 말을 끊으며 말했다.

"그런 위인이라서 그런 거야. 그런 위인이 대체 여기엔 왜 왔을까? 무슨 다른 꿍꿍이가 있다는 생각이 안 드나?"

제갈명이 입을 다문 채 새삼 눈을 끔뻑거렸다.

이제야 무언가 걸리는 것이 있었던 것이다.

설무백은 끌끌 혀를 찼다.

"너는 말이다 다 문제인데, 상대가 좀 있고 가진 자다 싶으면 제풀에 주눅이 들어서 사고가 마비되는 그 새가슴이 특히나 문제다. 대체 그 좋은 머리를 가지고 왜 그렇게 좀스럽게 사는 거냐?"

제갈명이 풀 죽은 표정으로 고개를 숙였다.

입이 열 개라도 할 말이 없다는 태도였다.

설무백은 전에 볼 수 없던 그 모습이 이채로웠으나, 굳이 내색하지 않고 냉정하게 말했다.

"어서 거처로나 가 봐."

제갈명이 이내 본래의 모습으로 고개를 쳐들며 물었다.

"갑자기 거처에는 왜⋯⋯?"

설무백은 짐짓 눈을 부라렸다.

제갈명이 재빨리 말하며 돌아섰다.

"아, 예, 제가 좀 말이 많죠. 알겠습니다. 시키면 시키는 대로 까라면 까겠습니다."

설무백은 발 빠르게 본래의 모습으로 돌아간 제갈명의 태도에 절로 혀를 내두를 수밖에 없었다.

그때 누군가 그를 향해 달려왔다.

설무백은 대번에 상대를 알아보며 물었다.

"또 무슨 일이야?"

나타난 사람은 천타였다.

"풍잔 주변을 기웃거리는 놈이 있습니다!"

설무백은 진심 어린 한숨을 내쉬며 고개를 절레절레 흔들었다.

"정말 바람 잘 날이 없군."

천타의 보고대로였다.

물건을 사는 것도 아닌데 상점을 들락거리고, 술을 마시거나 식사를 하는 것도 아니면서 반점이나 주루를 오가며 풍잔의 주변을 배회하는 사내가 하나 있었다.

이십대 후반 정도 되었을까?

그는 고급스러운 비단 장옷에 이마에는 비취가 박힌 영웅건(英雄巾)을 두르고, 손에는 섭선(葉扇)까지 들고 있었다.

나름 귀공자처럼 꾸민 것인데, 아무리 그래도 험악하고 투박한 몰골을 미처 다 지우지 못해서 아무리 봐도 딱 산적 나부랭이로 보이는 사내였다.

'폭호채로군.'

당연한 예상이었다.

어떤 이유에서든 작금의 상황에서 풍잔의 동향을 살필 산적은 폭호채밖에 없었다.

"죽일까요?"

풍잔의 대문과 연결된 대로변이 한눈에 들어오는 전각의 지붕이었다.

뒷문으로 은밀하게 나와서 그곳에 도착한 설무백이 아무리 봐도 수상쩍게 거리를 배회하는 사내를 발견하고 폭호채를 떠올리는 순간, 천타와 함께 따라온 공야무륵이 고개를 기울이며 물었다.

설무백은 고개를 저었다.

"그냥 둬."

상대가 아직 그 어떤 결정도 내리지 못했다는 뜻이니, 판단을 보류하는 것이 나았다.

피치 못 할 사정이 아니라면 적을 늘리는 것은 마땅히 지양해야 할 일이었다.

왠지 모르게 고개를 갸웃거리고 있던 천타가 미간을 찌푸리며 말했다.

"요상한 놈이네요. 아까는 분명 저리 서툰 놈이 아니었거든요. 신중하게 움직이던 놈이 왜 갑자기 거리 어설프게 구는 건지 알다가도 모르겠습니다."

"일부러 그러나보지. 그러나 저러나 결국 그저 살피러 온 거잖아."

설무백은 천타의 의문을 대수롭지 않게 치부하고는 이내 공야무륵을 물끄러미 바라보며 물었다.

"그보다 쌍노와 함께 술 마시러 간 거 아니었어?"

공야무륵이 어색해진 표정으로 얼굴을 붉히며 대답했다.

"풍사가 먼저 모시고 나갔습니다."

"먼저……?"

"밖으로 나서다가 두 분이 그러시더군요. 낮에 그놈이 다시 돌아온 것 같다고. 두 분께선 신경 쓰지 않아도 되는 일이라고 하셨지만, 저는 그럴 수가 없었습니다."

설무백은 가만히 고개를 끄덕였다.

혹시나 하던 그의 예상이 옳았다.

약간의 시간적인 차이가 있다고는 하나, 아직 영내에 있을 환사와 천월이 목진경의 잠입을 눈치채지 못했다는 것이 이상했었다.

그가 아는 그들의 능력이라면 충분히 알아차려야 마땅했는데, 결국 이런 상황이었던 것이다.

대답을 하는 공야무륵의 얼굴이 붉어진 이유도 그래서일 터였다.

자신이 놓친 것을 다른 사람이 간파했다는 사실이 못내 부끄럽고 수치스러운 것이었다.

상대가 비록 천하에 명성이 자자한 무림쌍괴일지라도 그는 지고 싶은 마음이 전혀 없었다.

그래서 졌다고 생각하며 창피해하는 것이다.

이런 경우 보통의 사람이라면 모르는 척 외면한다.

상대의 수치를 들춰내는 건 상대를 더욱 수치스럽게 만들기 때문이다.

그러나 설무백은 그러고 싶지 않았다.

자신의 감정을 속이는 대상은 적만으로도 충분하다는 것이 전생이나 지금이나 변하지 않는 그의 고집이었다.

그는 외면하지 않고 노골적으로 지적했다.

"어때? 더 분발해야 할 것 같지 않아?"

공야무륵이 이글거리는 눈빛을 드러내며 깊이 고개를 숙였다.

"죄송합니다. 하지만 머지않아 무슨 일이 벌어져도 주군을 실망시켜드리지 않을 때가 있을 겁니다."

설무백은 기꺼운 표정으로 고개를 저었다.

"그런 때가 오지 않아도 돼. 네가 그런 마음을 가지는 것만으로도 나는 충분히 만족하니까."

"아닙니다!"

공야무륵이 단호하게 말했다.

"제가 그걸 용납할 수 없습니다!"

"그럼 그러든지."

설무백은 만족한 표정으로 고개를 끄덕이며 돌아섰다.

다부진 태도로 다짐하듯 재차 고개를 숙인 공야무륵이 문득 눈을 빛내며 말했다.

"돌아가는 모양입니다."

설무백은 슬쩍 고개를 돌려서 거리를 살펴보았다.

공야무륵의 말마따나 이곳저곳을 기웃거리던 사내가 빠르게 거리를 벗어나고 있었다.

밤인지라 그들이 선 지붕은 어둠에 가려져 있었고, 거리는 등불로 밝아서 다급히 서두르는 사내의 표정이 아주 선명하게 눈에 들어왔다.

설무백은 묵묵히 고개를 끄덕이며 못내 아쉬워하는 표정으로 살기를 드러내는 공야무륵의 어깨를 쳤다.

"신경 끄고, 어서 가서 술이나 마셔."

　자기도 모르는 사이에 한 목숨 건진 줄도 모르고 흡족한 발걸음으로 남문대로를 벗어난 사내는 설무백의 짐작대로 녹림십팔채의 하나인 폭호채 소속의 산적이었다.
　다만 그들, 녹림도의 무리는 스스로를 산적이라 부르지 않고, 그들만의 언어인 흑화(黑話)에 따라 홍호자(紅鬍子)라고 부른다.
　사내는 그런 홍호자들 중에서도 적이나 관부의 동향을 살피는 정찰대로 통하는 순풍(順風)이들의 소두목인 박포(朴泡)라는 자였다.
　그는 그대로 남문을 빠져나가서 막다른 길목에 폐가처럼 을씨년스럽게 자리한 공묘(公墓)로 들어갔다.
　언제 사람의 손길이 닿았는지도 모르게 다 쓰러져 가는 그 공묘의 내부에는 기색이 엄엄한 사람들이 모여 그를 기다리고 있었다.
　폭호채의 채주인 폭호 왕이정과 그가 신임하는 다섯 명의 소두목, 그리고 대도회이 회주였던 거령도 맹사진이 바로 그들이었다.
　박포는 제단 아래 계단에 앉아 있던 왕이정의 앞으로 나아

천회천의
주인

가 고개를 숙였다.

"다녀왔습니다."

왕이정은 별호 그대로, 소문 그대로 사나운 호랑이처럼 험상궂은 얼굴과 팔 척에 달하는 거구의 사내였고, 그와 어울리는 거대한 참마도(斬馬刀)를 어깨에 걸치고 있었다.

강호 무림의 혹자들이 녹림십팔채의 주인들을 일컬어 말하는 소위 십팔대천강(十八大天剛)의 일인다운 위용이 엿보이는 모습이었다.

그런 그가 턱을 주억거리자 굵은 저음의 목소리가 흘러나왔다.

"그래, 어떻더냐? 문신(門神) 위지공(尉遲公)의 말대로 무언가 석연치 않은 구석이 있더냐?"

위지공은 사람의 이름이지만 문신은 별호가 아니라 직위로, 산채의 모사(謀士)를 일컫는다.

박포가 대답했다.

"아무래도 문신 위지 노인의 예상이 틀린 것 같습니다. 제가 정찰해 본 결과 설무백이라는 애송이는 엄연히 풍잔에 있었습니다. 어디를 다녀왔는지는 모르나, 외출했다가 풍잔으로 들어가는 모습을 확인했습니다."

왕이정이 턱을 주억거렸다.

"그것만으로는 위지공의 말이 틀렸다고는 볼 수 없지. 언제 나갔는지는 모르고 돌아오는 것만 봤다면 오히려 문신의 말이 맞을 수 있지 않느냐."

박포가 어느 정도 수긍했다.

"다른 자들의 행동에서 그자의 부제를 읽지 못하긴 했으나, 그럴 가능성도 전혀 배제할 수 없긴 합니다."

"뭐, 그건 중요한 건 아니고……."

왕이정이 대수롭지 않게 말을 끊으며 다른 걸 물었다.

"네가 보기엔 어떠냐? 위지공의 말마따나 적으로 돌리기에는 아까운 애송이로 보이더냐?"

한쪽에 서 있다가 그의 말을 들은 거령도 맹사진의 표정이 일그러졌다.

박포가 뻔히 그의 태도를 눈으로 보았으면서도 애써 외면하며 대답했다.

"설가 애송이에 대해서는 소문으로 확인한 바가 전부인지라 가타부타 말씀드리기 어려우나, 그자의 수하들은 모두 하나같이 비범해 보였고, 몇몇 인물들의 경우는 저로서도 가까이 접근하기가 어려워서 제대로 가늠해 볼 수가 없었습니다. 해서……."

그는 어쩔 수 없이 의식되는지 다시금 슬쩍 맹사진을 일별하며 말을 이었다.

"대체 어느 정도나 되는 그릇인가 보려고 제가 노골적으로 수상쩍은 행동을 했는데, 당최 아무런 기별이 없더군요. 그간의 정황으로 봐서 그래도 정말 몰랐다는 것은 말이 안 되고,

알고도, 그러니까, 제가 대놓고 행동하기 전에 이미 알고 있었던 것이 아닌가 합니다."

그랬다.

앞서 천타가 이상하다고 의심한 것처럼 박포는 의도적으로 정체를 노출했던 것이다.

왕이정이 고개를 끄덕였다.

"네가 그렇다면 그런 것이겠지. 그럼 결국 네 생각도 위지공의 판단이 옳다는 거구나. 그러냐?"

박포가 인정했다.

"그 정도 배포를 가진 자는 우리 녹림에도 흔치 않지요."

왕이정이 습관처럼 턱을 주억거렸다.

"하긴, 나를 찾아온 그 늙은이도 예사롭지 않긴 했지."

"형님!"

맹사진이 더는 참지 못하고 나섰다.

"왜 이러십니까, 형님! 그 애송이 때문에 제가 얼마나 큰 치욕을 당했는지 잘 아시지 않습니까!"

왕이정이 슬쩍 고개를 돌려서 맹사진을 바라보았다.

불쾌한 기운이 서린 눈빛이었다.

그러나 맹사진은 움찔하면서도 애써 물러나지 않았다.

"그 애송이만 처리해 주십시오, 형님! 그렇게만 해 주신다면 소제가 앞으로 난주에서 얻을 모든 것을 전부 형님에게 바치겠습니다! 하늘을 두고 맹세합니다, 형님!"

맹사진의 간절한 읍소에 마음이 동한 것일까?

왕이정이 묵묵히 고개를 끄덕이고는 덥수룩한 수염을 쓰다듬으며 자리를 털고 일어났다.

"말만 들어서야 어떤 종자인지 어디 알 수가 있나. 내가 직접 그 애송이를 한번 만나 보도록 하지."

맹사진은 이러지도 저러지도 못하고 당황스러워했다.

왕이정의 결정이 자신에게 득일지 해일지 몰라서 전전긍긍하는 모습이었다.

그때 어디선가 들려오는 낭랑한 목소리가 왕이정의 발길을 붙잡았다.

"그럴 필요 없어요."

목소리의 여음이 끝나기도 전에 미세한 바람이 불어왔다. 바람이 멈춘 왕이정의 면전에 여인 하나가 홀연히 나타났다.

그녀는 그린 듯한 눈썹에 동그란 눈, 균형 잡힌 코와 작은 입술이 빚어내는 절묘한 조화가 보는 이의 눈을 부시게 하는 미인, 빙녀 희여산이었다.

장내의 모두가 그녀를 알아보며 반사적으로 움직이려던 행동을 멈추었다.

왕이정도 그녀를 알아보고 누런 이를 드러내며 웃었다.

"희 총사가 이런 궁벽한 산골에는 어인 일로 행차하신 거요?"

희여산이 빙녀라는 별호가 어울리게 미소 속에서도 싸늘한 기색을 유지하며 대꾸했다.

"왕 채주님이야말로 이런 궁벽한 산골에서 뭐 하시는 건지 모르겠네요. 설마 한시라도 빨리 정예를 추려서 합류하라는 련주님의 전갈을 받지 못하신 건가요?"

왕이정이 능청스럽게 대답했다.

"련주님의 전갈은 받았소. 다만 급히 먼저 해결해야 할 일이 있어서 말이오."

"그만두세요, 그 일."

희여산이 냉정하게 잘라 말했다.

"풍잔의 주인인 설무백, 설 공자는 왕 채주님이 건드려서는 안 되는 인물입니다."

왕이정이 조금 불쾌한 기색을 드러내며 물었다.

"어째서 그렇소?"

희야산이 대답했다.

"그는 벌써부터 우리 련 차원에서 주시하는 인물이에요. 지금은 비록 우리가 나설 수 없는 일에 얽혀 있어서 지켜보고만 있지만, 조만간 기회를 봐서 우리 쪽으로 끌어들일 포섭의 대상이라는 겁니다. 설마 한 솥밥을 먹을 사람과 다투고 싶지는 않으시겠죠?"

왕이정이 조금 누그러진 기색으로 습관처럼 턱을 주억거렸다.

"그야 그렇소만, 아직 한 솥밥을 먹는 것은 아니니 그 정도

설명으로는 부족한 것 같소. 우리가 나설 수 없는 일이라는
게 대체 뭐라는 거요?"

희여산이 짧게 대꾸했다.

"황궁의 일이에요."

왕이정이 어색한 표정으로 웃었다.

"내가 질색하게 아주 대못을 박는구려. 산적 나부랭이가 황
궁과 얽힌 일에 나설 수는 없지요. 알았소. 사정이 그렇다면
내가 빠질 수밖에."

"혀, 형님!"

희여산의 등장으로 한껏 긴장한 채 눈치를 보고 있던 맹사
진이 그의 말에 안색이 변해서 기를 쓰고 나섰다.

"이럴 수는 없는 겁니다! 저를 도와주기로 철석같이 약속하
시지 않았습니까! 이건 소제를 배신하는 겁니다!"

왕이정이 거짓말처럼 차갑게 가라앉은 눈빛으로 맹사진을
바라보며 질타했다.

"배신? 그런 말이 네 입에서 나오는 게 신기하구나. 네가
내 앞에선 죽는 시늉을 하며 온갖 아부를 다하면서 뒤로는 몰
래 사람을 풀어서 백마사의 살승을 샀다는 걸 내가 모른다고
생각하느냐?"

"그, 그건……!"

"배신은 그런 게 배신인 것이다. 겉으로는 믿는 척하면서
속으로는 믿지 않는 것 말이다."

맹사진이 얼굴을 붉히며 어쩔 줄 몰라 하다가 이매 바닥에 엎드려서 머리를 조아렸다.

"오, 오해십니다, 형님! 저는 그저 형님을 조금이라도 돕고 싶은 마음에 그런 것뿐입니다! 그러니 부디……!"

왕이청이 눈살을 찌푸렸다.

"이 자식이 끝까지 나를 바보 취급하네?"

그때 희여산이 끼어들며 불쑥 물었다.

"이자가 맹사진 맞죠?"

"그렇소만?"

왕이정이 무심결에 인정하자, 희여산이 반색하며 말했다.

"그렇지 않아도 설 공자에게 건넬 만한 마땅한 선물이 없었는데, 잘됐네요."

그녀는 빙녀라는 말이 무색하게 해맑은 모습으로 웃으며 말을 덧붙였다.

"저치의 머리, 제가 가져도 되죠?"

왕이정이 화들짝 놀라는 맹사진을 일별하며 어깨를 으쓱했다.

"그러시든지."

맹사진이 새파랗게 질린 얼굴로 벌떡 일어났다.

그러나 그건 오히려 희여산을 도와주는 행위였다.

아무런 사전 동작도 없이 흐릿해진 그녀의 신형이 서너 장이나 떨어진 그의 면전에 나타나서 손을 휘둘렀다.

어느 순간 뽑아들었는지, 어느새 그녀의 손에 들린 백색의 검이 달무리를 닮은 섬광을 그렸다.

번쩍—!

한순간에 명멸한 섬광의 중동에 맹사진의 머리가 올려졌다. 그리고 이내 목에서 미끄러진 맹사진의 머리가 바닥으로 떨어졌다.

비명조차 지를 수 없는 찰나의 죽음이었다.

희여산이 피가 뚝뚝 떨어지는 맹사진의 머리를 한손으로 주워들며 왕이정을 향해 하얗게 웃었다.

"고마워요."

기인이사奇人異士 (3)

등을 떠밀어서 공야무륵을 무림쌍괴에게 보낸 설무백은 새삼 후원을 들러서 천이탁 등의 손에 의해 망가져 가는 별채의 모습을 한동안 지켜보았다.

풍잔의 건물들 중에서 가장 아늑하고 고풍스러웠던 후원의 별채는 이제 없었다.

내부는 삽시간에 수십 개의 칸으로 나뉘어져서 어디가 복도고 어디가 방인지 모를 개미굴처럼 바뀌었고, 외벽에는 한 면을 제외한 삼면에 수십 개의 구멍이 뚫려서 마치 벌집처럼 변해 가고 있었다.

밤이라서 그 정도지, 낮에 보면 더욱 가관일 모습이었다.

설무백은 절로 눈살이 찌푸려지고 못내 한숨이 나왔으나,

그걸 보고 연신 멋지다며 감탄을 연발하는 천이탁의 태도로 인해 참견하고 싶은 마음도 들지 않았다.

일단 믿고 일을 맡겼으면 참견하지 않는 것이 도리일 것이다.

줄 때는 입고 있던 고쟁이까지 아낌없이 다 벗어 주라는 말도 있지 않은가.

그런 격언과 별개로 고작 별채 하나로 그간 막막하던 중원의 정보와 바꿀 수 있다면 절대 손해가 아니었다.

물론 개방이 그를 기만하지 않는다는 조건이 전제되어야 하겠지만, 그 정도는 능히 제어할 수 있다는 자신감이 지금의 그에게는 있었다.

'여차하면 북개방의 주도로 이루어지는 개방의 통일을 남개방의 주도로 바꾸어 버릴 수도 있지!'

설무백은 그런 작심으로 그윽했던 별채에 대한 아쉬움을 지우며 거처로 돌아왔다.

그리고 사문지현을 만났다.

풍잔으로 돌아왔을 때 보이지 않던 그녀가 언제부터인지 모르게 그의 거처에서 기다리고 있었던 것이다.

설무백은 저도 모르게 이채로운 눈빛을 드러냈다.

거처로 들어서기 전부터 누군가 있다는 것은 느꼈으나, 그게 그녀일 줄은 몰랐다.

묘하게도 그가 기억하고 있는 그녀의 느낌이 아니었기 때문인데, 실제로 마주하니 그 느낌이 더욱 강하게 느껴졌다.

그녀는 달라져 있었다.

어지간한 사람은 그저 바라보는 것만으로도 넋을 잃게 만들 정도의 미모는 여전했으나, 은연중에 풍기는 기운, 즉 기풍이 이전과 사뭇 달랐다.

대체 그녀에게 무슨 일이 있었던 것일까?

그는 에둘러 물었다.

"집안에 일이 생겨서 잠시 자리를 비웠다는 얘기를 들었는데, 이제 다 해결된 거요?"

사문지현이 대답했다.

"할아버지께서 돌아가셨어요. 제가 유일한 혈육이라서 자리를 비울 수밖에 없었어요."

설무백은 말문이 막혔다.

친조부의 죽음을 마치 어디 산보라도 나간 것처럼 태연하게 언급하는 그녀의 태도가 더욱 신경이 쓰였다.

그러다가 생각났다.

누구에게도 금마교인 사문도가 죽었다는 얘기를 들은 적이 없었다.

명색이 난주 제일의 명숙 중 한 사람이 죽었는데, 어찌 아무도 모를 수가 있단 말인가?

그는 마음을 추스르며 물었다.

"사문도 어른이 돌아가셨다는 얘기는 아무에게도 듣지 못했소만······?"

사문지현이 희미하게 웃었다.

"평소 그게 꿈이셨어요. '무인은 언제 오는지 모르게 오고, 언제 가는지 모르게 가는 거다.' 그렇게 소망하시던 대로 가셨어요. 그게 무인다운 죽음인지는 모르겠지만, 마지막 순간까지도 그걸 고집하시니, 하나뿐인 핏줄의 도리로 그렇게 해 드릴 수밖에 없지요."

설무백은 사문지현의 웃는 모습에서 뭐라고 형용할 수 없이 억압된 감정을 느낄 수 있었다.

"어떻게, 아니, 왜 돌아가셨소?"

사문지현이 자조적인 미소를 흘리며 대답했다.

"저 때문이죠."

"당신 때문에······?"

"예, 저 때문에 돌아가셨어요. 제 부탁을 받고 검산에 다녀오셨거든요."

설무백은 다시금 말문이 막혔다.

검산에 간다는 의미를 그는 이미 알고 있었다.

금마교인 사문도는 검산으로 가서 그녀의 사부인 검치 한 상지와 비무를 했던 것이다.

그녀가 다시 말했다.

"원래 지병이 있으시긴 했지만, 이렇게 빨리 돌아가실 분은 아니셨어요. 그날 이후 지병이 심화되셨죠. 그날의 여파가

치명적이었던 것 같아요. 검산에 다녀오신 지 보름 만에 돌아가셨으니까."

설무백은 어떤 위로의 말을 해야 할지 몰라서 머뭇거렸다.

당신 탓이 아니라고 말해 주고 싶었지만, 너무 통속적이라는 생각이 들어서 입이 떨어지지 않았다.

사문지현이 그런 그의 마음을 읽은 듯 희미하게 웃었다.

"위로 같은 건 필요 없어요. 할아버지도, 저도 그 일을 후회하지는 않으니까요. 다만 그저 아쉬울 따름이에요. 정말 이렇게 갑자기 돌아가실 줄은 몰랐거든요."

설무백은 이제야 예리하게 느끼며 물었다.

"내게 바라는 것이 있소?"

사문지현이 기다렸다는 듯 말했다.

"부탁이 하나 있어요."

설무백은 고개를 끄덕였다.

"내가 할 수 있는 거라면 들어주도록 하겠소."

서문지현이 새삼 희미하게 웃으며 말했다.

"울고 싶은데 눈물이 나지 않아요. 저와 비무해 줘요. 당신에게 맞으면 적어도 억울해하지 않고 마음껏 울 수 있을 같아요."

설무백은 특유의 미온한 미소를 지으며 물었다.

"정말 울고 싶어서 그러는 거요, 아니면 자랑하고 싶어서 그러는 거요?"

빈말이 아니었다.

서문지현은 변해 있었다.

감정의 기복으로 그렇게 느껴지는 것이 아니라 은연중에 풍기는 기도가 전과 달랐다.

그가 그렇듯 그녀도 무언가 기연을 얻은 것으로 보였는데, 그게 어떤 기연인지 그는 어렴풋이 짐작할 수 있었다.

그녀의 조부인 금마교인 사문도는 정사지간에서도 손꼽히는 고수로, 내로라하는 사공이기에 매우 능통했다.

그리고 사공이기 중에는 본신의 내공을 타인에게 넘겨주는 수법이 적지 않았다.

사문도가 죽기 전에 일찍이 조실부모한 금지옥엽(金枝玉葉)에게 자신의 내공을 전해 준다는 것은 어찌 보면 당연한 일일 수도 있었다.

아니나 다를까, 서문지현이 그의 말을 부정하지 않고 희미하게나마 따라 웃었다.

"둘 다요."

설무백은 거부할 수 없었다.

"따라오시오."

그는 그대로 돌아서서 침상의 측면에 난 문을 통해 지하 연공실로 내려갔다.

사문지현이 묵묵히 그를 따라왔다.

설무백은 문가에서 기다리다가 그녀가 들어서자 문을 닫고

천외천의
주인

그녀를 마주하며 말했다.

"나는 준비가 되었소만?"

사문지현이 혁대처럼 허리에 감고 있던 예의 금빛 면도를 뽑아들며 나직이 경고했다.

"조심하는 게 좋을 거예요. 이미 느꼈을 테지만, 지금의 저는 당신이 알던 제가 아니니까요."

설무백은 그녀의 말에 무심하게 두 팔을 벌렸다.

"후회가 없도록 최선을 다하시오. 나 역시 그럴 테니까."

"그럴 생각이에요."

대답한 사문지현의 눈빛이 한 마리의 살쾡이처럼 예리하게 변했다.

그녀의 손에 들린 금빛 면도가 빛을 발하고 있었다.

살기든 아니든 금도의 서슬이 주는 예기는 삼엄하기 짝이 없었다.

'과연!'

설무백은 내심 탄성을 발했다.

과연 지금의 그녀는 그가 알던 그녀가 아니었다.

단지 실력이 늘었다는 말이 무색할 정도로 놀랍게 비약한 상태였다.

'불과 두 달여 사이에 배로 성장하다니, 이 정도면 전생의 공야무륵을 넘어 서겠는걸?'

설무백은 놀라고 또 적지 않게 감탄하며 낭왕의 무덤에서

습득한 환검 백아를 손에 쥐었다.

　내공을 주입하며 의지를 전하자 팔목에 차고 있던 백아가 살아 있는 생물처럼 칼의 형태로 변해 그의 손에 들렸다.

　최선을 다해서 상대해 줄 생각이었다.

　그게 놀랍도록 감탄하게 만든 그녀에 대한 보답이라고 그는 생각했다.

　그러나 지금 그가 그녀를 보고 느끼는 놀람의 정도는 그녀가 그를 보고 놀라는 정도와 차원이 달랐다.

　'도대체……!'

　사문지현은 칼을 뽑아 든 설무백의 모습에서 감당하기 어려운 중압감을 느꼈다.

　그저 칼을 들고 우두커니 서 있는 것 같은데, 이제 곧 저 칼이 자신을 향해 휘둘러진다고 생각하니 왠지 모르게 전신에 소름이 돋고, 등골이 차갑게 식어서 식은땀이 고일 정도로 두려움이 몰려왔다.

　그녀는 사력을 다해서 어금니를 악물었다.

　이 두려움을 극복하지 못한다면 싸움은 고사하고 움직이지도 못할 것 같았다.

　마음이 죽으면 몸도 따라 죽는다는 선대의 격언을 모를 정도로 그녀는 바보가 아닌 것이다.

　그녀가 수중의 칼을 단단히 쥐었다.

　그때 설무백이 말했다.

"내가 먼저 가지."

말이 끝남과 동시에 그가 움직였다.

아무런 사전 동작도 없이 옆으로 움직이다가 한순간 달려 드는 것이 한 동작처럼 매끄러웠다.

그의 손에 들린 칼이 그보다 더 매끄럽게, 그러면서도 압도 적인 기세로 그녀를 향해 쇄도했다.

사문지현은 덜컥 겁이 나서 도망치고 싶다는 생각이 들었 다.

그러나 생각뿐이었다.

도저히 그럴 틈이 없었다.

그녀는 사력을 다해 금도를 휘둘러서 쇄도하는 설무백의 칼을 막았다.

그리고 격돌의 충격으로 진동하는 금도를 강하게 움켜잡 으며 본능적인 감각에 따라 조금 물렸다가 이내 전진해서 설 무백의 가슴을 노렸다.

그러나 그녀의 금도는 설무백의 가슴을 찌르지 못하고 헛 되이 공기를 갈랐다.

분명 그녀의 눈에 들어왔던 설무백의 가슴이 이미 그 자리 에서 사라지고 없었다.

그와 동시에 손이 아팠다.

금도의 손잡이를 잡은 그녀의 손이 피로 흠뻑 젖어들고 있 었다.

뒤늦게 찾아온 격돌의 여파였다.

사력을 다해서 칼을 움켜쥔 덕분에 놓치지는 않았지만, 손바닥이 갈기갈기 찢어지는 것만큼은 막을 수 없었던 것이다.

어느새 측면으로 돌아간 설무백이 그 순간에 그녀를 향해 칼을 휘둘렀다.

그때부터였다.

그녀가 일방적으로 밀리기 시작했다.

챙—!

사문지현은 안간힘을 다해서 설무백의 공격을 막았다.

가공할 압력이 다시금 그녀의 손바닥을 찢어 놓고, 무지막지한 여파가 그녀를 밀어붙였다.

그녀는 속절없이 밀려났다.

설무백이 그림자처럼 그녀를 따라붙으며 칼을 놀렸다.

그녀는 피가 나도록 이를 악물며 금도를 들어서 방어에 나섰다.

설무백의 칼이 반원을 그리며 그녀가 방어를 위해 내민 금도를 측면으로 쳐 냈다.

그녀의 가슴이 허무하게 개방되었다.

"익!"

그녀는 죽을힘을 다해서 튕겨지는 금도를 당겼으나, 이미 늦었다.

어느새 길게 뻗어진 설무백의 장심이 그녀의 가슴 아래 명치를 때렸다.

"억!"

사문지현이 비명을 삼키며 튕겨 나갔다.

그 와중에도 어지럽게 금도를 휘두른 것은 비범함을 넘어서서 독하게 자리 잡은 그녀의 의지였다.

그러나 그녀의 금도는 허공만을 갈랐다.

금도가 휘둘러지는 모든 공간이 비어 있었다.

설무백이 느긋하게 움직이는 것처럼 보이면서도 그녀조차 정신없이 휘두르는 금도의 방향을 미리 알고 있기라도 하듯 완벽하게 회피했기 때문이다.

그리고 어느새 그녀의 지근거리로 다가선 그가 손을 휘둘렀다.

주먹이 아니라 손바닥인 것은 아마도 그의 배려일 것이다.

설무백의 손바닥이 그녀의 뺨을 때리고, 복부를 치고, 옆구리를 연이어 타격했다.

파바바박-!

가죽 북을 치는 듯한 소리가 연속해서 울렸다.

"크으……!"

사문지현은 비명을 지르고 싶어도 비명을 지를 틈조차 없어 이를 악물고 비틀거리며 물러났다.

육체의 고통도 고통이지만, 제아무리 사력을 다해도 붙들고 늘어질 만한 그 무엇도 찾을 수 없다는 것이, 더 나아가서 상대인 설무백의 모습조차 제대로 볼 수 없다는 사실이 그녀의 정신을 더욱더 항거 불능의 상태로 몰아가고 있었다.

이대로 죽을 것 같았다.

설무백의 손 속은 그처럼 매정하고 우악스럽게 그녀를 가격했다.

순식간에 벽까지 밀려난 그녀의 손에는 어느새 금도가 사라지고 없었다.

언제인지도 모르게 손에서 놓쳐 버린 모양인데, 그나마 그 사실을 알아차릴 수 있었던 것도 소나기처럼 퍼부어지던 설무백의 공격이 멈췄기 때문이었다.

설무백은 벽에 등을 대고 있는 그녀의 목에 백색으로 번들거리는 백아의 서슬을 댄 채 무심하게 바라보고 있었다.

그 상태 그대로, 그는 물었다.

"이 정도면 됐나?"

사문지현은 입술을 깨물며 몸을 떨었다.

패배의 모멸감이 그녀의 전신을 경련하게 만들었다.

설무백의 가없는 무력은 익히 짐작하고 있었으나, 이렇게 간단하게, 그야말로 속절없다 못해 허무하게 패배하리라고는 전혀 생각하지 못한 그녀였다.

자신도 다른 누군가의 앞에서 얼마든지 초라해질 수 있다는 사실을 그녀는 오늘 처음으로 깨달았다.

그러나 조금도 분하지 않았다.

그녀 스스로도 이해할 수 없는 기분이었으나, 오히려 통쾌할 정도로 기분이 좋았다.

그녀는 그런 내색을 삼가며 슬쩍 손을 들어 자신의 목에 대어진 설무백의 칼을 밀어내며 투덜거렸다.

"아무리 그래도 그렇지, 명색이 여자인데, 너무 심한 거 아니에요?"

설무백은 칼을 갈무리하며 머쓱해했다.

"심했나?"

사문지현이 쏘아붙였다.

"심했어요."

설무백은 계면쩍은 얼굴로 말없이 머리를 긁었다.

입가에 맺힌 피를 소매로 닦고, 어느새 시퍼렇게 부어오른 얼굴을 손으로 매만지던 사문지현이 그런 그를 보며 덧붙여 말했다.

"왠지는 모르지만, 그래서 더 마음에 들어요."

설무백은 짐짓 두려워하는 표정으로 그녀를 위아래로 훑어보았다.

"설마 그런 쪽을 선호하는 변……?"

사문지현이 쌍심지를 곤추세웠다.

설무백은 그녀의 입이 열리기 전에 먼저 손사래를 치며 웃었다.

"농담이야, 농담."

사문지현은 그 순간에 간과하고 있던 사실을 깨닫고는 물끄러미 그를 쳐다보며 물었다.

　"조금 전부터 제게 반말 한 거 알아요?"

　설무백은 아무렇지도 않게 되물었다.

　"거북하나?"

　사문지현이 웃는 낯으로 고개를 저었다.

　"아니요. 전혀 거북하지 않아요."

　설무백은 피식 웃으며 돌아서서 연공실을 나서며 말했다.

　"너무 그렇게 서둘러서 자신의 감정을 통제하는 것도 좋지 않아. 울고 싶으면 더 울어. 여기선 누가 볼 사람도 없으니까."

　사문지현이 씩씩한 모습으로 그를 따라나섰다.

　"됐어요. 아까 당신에게, 아니, 주군에게 신나게 두들겨 맞으면서 울만큼 다 울었어요. 새 식구도 생겼는데, 이제 그만 울어야지요."

　설무백은 슬쩍 돌아보며 짓궂게 물었다.

　"맞으면서 신났어……?"

　사문지현이 도끼눈을 뜨며 빽 소리를 질렀다.

　"저 그런 변태 아니에요!"

　"아 참, 그랬지."

　설무백은 왠지 모르게 좋아진 기분으로 서둘러 계단을 올라 거처로 돌아왔다.

　언제 왔는지는 몰라도 거기 그의 거처에서 얼쩡거리고 있던 제갈명이 묘한 눈치로 그를 쳐다보며 물었다.

"대체 누가 변태라는 겁니까?"

제갈명은 어리둥절하기보다는 이거 무언가 건수를 잡은 게 아닌가 하는 야릇한 표정이었다.

그러나 그것도 잠시, 그는 이내 눈알이 튀어 나올 것처럼 두 눈을 휘둥그렇게 떴다.

설무백의 뒤를 따라 거처로 올라서는 사문지현을 보았기 때문이다.

어느새 퉁퉁 부은 볼은 마치 눈두덩이와 하나인 것처럼 도드라졌고, 헝클어진 머리카락과 입가에 묻은 피, 그리고 흐트러진 옷매무새는 누가 봐도 이상한 상상을 하게 만드는 모습이었다.

사문지현이 먼저 그 상황을 읽고는 설무백에게 음흉스러운 표정을 지으며 말했다.

"제가 여기서 고개 팍 숙이고 울먹거리며 밖으로 뛰쳐나가면 어떻게 되는지 아시죠? 크게 선심 써서 한번 봐준 줄이나 아세요."

그리고 그녀는 사나운 표정으로 제갈명에게 윽박지르며 밖으로 나갔다.

"뭘 그런 눈으로 봐요? 남자에게 두들겨 맞은 여자 처음 봐요?"

제갈명이 움찔하며 입을 다물고 있다가 그녀가 밖으로 사라지자 황당해하며 물었다.

"뭡니까? 무슨 일이에요?"

설무백은 창가의 탁자에 앉으며 대수롭지 않게 대꾸했다.

"들었잖아. 내가 좀 팼어."

제갈명이 어처구니가 없다는 표정으로 그를 노려보았다.

"남자 맞습니까? 여자는 패는 게 아니라 마땅히 부드럽게 보듬어야…….."

"알았으니까…….."

설무백은 다탁을 두드리며 그의 말을 자르고는 물었다.

"그만하고 어서 찾아온 용건이나 말해. 목진경 때문에 그래?"

제갈명이 아차 하는 표정으로 안색을 바꾸며 다급하게 말했다.

"그 친구가 어디다 써도 쓸모가 있을 텐데, 무슨 문제가 있겠습니까. 그게 아니라 아무래도 백사방의 이칠, 이 당주에게 무언가 문제가 생긴 것 같습니다."

"무슨 문제?"

"그야 저도 모르죠. 다만 이 당주가 사람을 보냈는데, 그 전갈이 정말 웃깁니다. 긴히 의논할 일이 있으니, 백사방의 총단에서 설 공자를 좀 뵈었으면 한답니다."

"설 공자…….?"

"예, 주군이 아니라 설 공자요."

제갈명이 즉시 대답을 하고 나서 한숨을 내쉬며 부연했다.

"이 당주와 주군의 관계를 어설프게 아는 자가 이 당주를 인질로 잡고 있는 겁니다. 그렇지 않고서야 이런 일이 벌어질 수 없죠."

설무백은 고개를 끄덕이는 것으로 수긍했다.

제갈명의 말대로였다.

이칠은 그를 주군이라 부르지 설 공자라고 부르지 않는다.

이는 분명히 이칠이 그에게 은밀히 보낸 경고였다.

'오지 말라는 것이겠지.'

설무백은 자리를 털고 일어났다.

"그럼 낯선 자가 심부름을 왔겠군."

제갈명이 당연히 그렇다는 듯 고개를 끄덕이며 물었다.

"만나 보시게요?"

설무백은 미간을 찌푸렸다.

"따라가려면 만나야지. 설마 내가 가지 않을 거라고 봤어?"

제갈명이 시큰둥하게 대답했다.

"그럴 리가 있나요. 당연히 가실 거라고 봤죠. 저는 다만 굳이 심부름꾼까지 만날 필요는 없지 않나 하는 겁니다. 심부름꾼이야 잡아 족치든 적당히 핑계를 둘러대든 여기 잡아 두는 게 낫지 않을까요?"

설무백은 생각해 보니 제갈명의 판단이 옳은 것 같았으나, 굳이 그러고 싶지 않았다.

"그냥 가지."

"왜요?"

"자꾸 그런 잔머리를 쓰면 버릇 될까 봐."

기인이사奇人異士 (4)

풍잔의 객청에서 만난 이칠의 심부름꾼은 예상대로 낯선 사내였다.

이십대 초반 정도 되었을까?

어리숙하게 보이려고 애쓰는 모습이 안쓰러울 정도로 말쑥한 외모와 범상치 않은 기도의 소유자였다.

어쩌면 그 비범함이 사내를 붙잡아 두려는 제갈명의 이유였을지도 모른다.

하지만 설무백은 그에 아랑곳하지 않고 홀로 사내를 따라서 백사방으로 갔다.

저녁 시간이 한참 지난 무렵이라 몇몇 경계자들을 제외하고 백사방의 영내에서 마주친 사람은 거의 없었으나, 그들 모두가 그에게 깊이 고개 숙여 인사했다.

그들은 내막을 모른다는 방증이었다.

다만 사내가 깍듯한 그들의 태도를 이상하게 느낀 듯 연신 그의 눈치를 보았다.

설무백은 그런 사내의 태도를 대수롭지 않게 외면하며 백사방의 대청으로 들어섰다.

대청에는 다탁을 사이에 두고 세 사람이 앉아 있었다.

이칠과 백발이 성성한 초로의 노인, 그리고 귀공자처럼 곱상하게 생긴 청년이었다.

"……!"

이칠이 대청으로 들어서는 그를 보고 당황하며 어쩔 줄 몰라했다.

흑의 청년이 반색하며 노인을 향해 말했다.

"봐요, 제 말이 맞죠? 바로 왔잖아요. 자기 머리가 좋다고 생각하는 애들은 이렇게 적당히 의심스럽게 해야 빨리 온다니까요."

노인이 그를 희미하게 웃으며 대답했다.

"머리가 아주 좋은 것 같지는 않구나. 고작 수하 하나만 대동하고 왔으니 말이다."

흑의 청년의 안색이 변했다.

설무백을 따라 들어와서 문 앞에 서 있던 심부름꾼 사내의 안색도 차갑게 굳어졌다.

노인과 달리 그들은 암중에서 설무백을 경호하고 있는 혈영의 존재를 전혀 눈치채지 못했던 것이다.

그러나 이치로 따지면 가장 놀라야 할 사람은 설무백이었다.

혈영의 은신술을 대번에 간파할 수 있는 사람은 그리 흔치 않기 때문인데, 오히려 그는 전혀 놀라거나 당황하지 않았다.

흑의 사내의 말을 듣고 이미 상황을 대충 짐작한데다가, 대청으로 들어서자마자 노인의 정체를 알아보았기 때문이다.

당연하게도 그가 전생의 기억을 통해서 아는 인물이었다.

상대 노인은 사천의 패주이자, 독(毒)과 암기(暗器)의 조종 가문이라 불리는 사천당문의 최고배분을 가진 사람이었다.

현 사천당문의 가주인 천수태세(千手太歲) 당가휘(唐嘉輝)에게는 일명 쌍독종(雙毒宗)으로 불리는 두 명의 숙부가 있는데, 하나가 팔비독종(八秘毒宗) 당백(唐柏)이고, 다른 하나가 다비독종(多臂毒宗) 당소(唐昭)였다.

지금 그의 눈앞에 있는 노인이 바로 그중 후자인 다비독종 당소였던 것이다.

'넓고도 좁은 것이 세상이라더니, 이 늙은이를 여기서 또 보게 되는군.'

설무백은 감회가 새로웠다.

그의 전생인 흑사신은 다비독종 당소와 매우 인연이 깊었다.

비록 적으로 만난 것은 아니나, 당소의 별호가 왜 다비(多臂)인지 몸소 경험해 본 적도 있었다.

말 그대로 수십 개의 팔을 가진 괴물처럼 동시다발적으로 쏟아 내는 당소의 암기술은 가희 초극의 경지라 아니할 수 없었다.

그러나 평가는 평가고 현실은 현실이다.

전생의 그도 능히 당소를 암기술을 감당했었는데, 그보다 더 비약한 지금은 말해 무엇하겠는가.

지금의 설무백은 실로 당소가 그리 높게 보이지 않았다.

이전처럼 시간의 다름을 의식한 저열한 판단이 아니라 충만하고 확실한 자신감이었다.

"그럴 만한 능력이 있다는 뜻이 아닐까요?"

설무백은 심드렁하게 한마디 흘리며 옴짝달싹도 하지 못하고 있는 이칠의 곁에 털썩 앉았다.

곱상한 청년의 안색이 험악하게 변했다.

당소가 그런 청년을 제지하듯 서둘러 말문을 열었다.

"그렇긴 것 같기도 하군. 노부가 어찌 자네 같은 인물이 있음을 아직까지 모르고 있었을까?"

설무백은 무뚝뚝하게 대꾸했다.

"괜한 흰소리는 댁에 가서 하시고, 우선 괜한 수고로 잡아 둔 제 수하나 먼저 풀어 주시죠?"

곱상한 청년이 참지 못하고 눈을 부라리며 으르렁거렸다.

"무엄하다! 감히 어느 안전이라고 그따위 건방을 떠는 것이
냐!"

설무백은 슬쩍 고개를 돌려서 청년을 보며 물었다.

"어느 안전이고 자시고, 남의 수하를 잡아 놓고 되지도 않
은 잔머리를 굴리는 애송이 입에서 별 시답지 않은 소리가 다
나오네. 정말 무엄한 게 어떤 건지 한번 보여 줄까?"

"이놈이……!"

청년이 발딱 일어났다.

설무백은 당장이라도 손을 쓸 것 같은 청년을 같잖다는 듯
이 일별하며 당소를 향해 말했다.

"저 지금 많이 참고 있는 겁니다. 가만두면 애가 다쳐도 크
게 다칠 텐데, 괜찮겠습니까?"

당소가 슬쩍 손을 들어서 청년의 행동을 막고는 깊게 가라
앉은 눈빛으로 그를 직시했다.

"과연 우리가 여러모로 자네를 잘못 평가한 것 같군그래."

설무백은 태연하게 당소의 시선을 마주하며 무심한 듯 냉
정하게 대꾸했다.

"그러니까 아무나 막 그렇게 평가하면 안 되는 겁니다. 그
나저나 제가 이미 말씀드렸는데, 제 수하는 언제까지 저렇게
그대로 둘 작정입니까? 내 손으로 풀어 주고 나면 왠지 더 화
가 날 것 같은데, 감당할 수 있겠습니까?"

경고였다.

그것도 매우 거칠고 사나운 경고였다.

당소가 무슨 생각을 하는지 모르게 잠시 지그시 그의 시선을 마주하고 있다가 청년을 향해 지시했다.

"풀어 주거라."

청년이 분을 이기지 못하겠다는 듯 씩씩 거렸다.

"할아버지!"

당소가 준엄하게 다시 말했다.

"어허, 어서 풀어 주래도!"

당소는 그간 좀처럼 청년에게 화를 내지 않았던 것 같았다.

그의 준엄한 다그침에 움찔한 청년이 잡아먹을 듯이 설무백을 노려보며 나서더니, 화풀이를 하듯 이칠의 혈도 몇 군데를 강하게 두드렸다.

"크……!"

신음과 함께 육체의 자유를 되찾은 이칠이 그대로 바닥에 엎드리며 설무백을 향해 머리를 조아렸다.

"죄송합니다, 주군!"

설무백은 머리 숙인 이칠이 보기라도 하듯 가만히 고개를 끄덕이고는 이내 냉정하게 가라앉은 눈빛으로 당소를 주시하며 말했다.

"보였다시피 본디 제가 화가 나면 눈치를 보며 이것저것 가리는 놈이 아닙니다. 노인장께서는 지금 잠자는 호랑이의 코

털을 뽑았다 이겁니다."

그는 두 손을 마주 잡고 팔꿈치를 탁자에 올린 채 위협적인 눈초리를 드러내며 물었다.

"자, 그러니 이제 제대로 말씀해 주셔야겠습니다. 그게 무슨 일이든 저를 만나고자 했다면 그냥 풍잔으로 와도 되었을 텐데, 대체 왜 이런 짓을 꾸민 겁니까?"

당소의 주름진 눈가에 경련이 일어났다.

분노처럼도 보이고, 무언가 심도 깊은 갈등으로 인한 감정의 분출로도 느껴지는 모습이었다.

그러다가 그가 가볍게 한숨을 내쉬며 입을 열었다.

"풍잔으로 가지 않은 것은 애초에 노부는 이칠을 만나러 왔지 자네를 만나러 온 것이 아니기 때문이고, 이렇게 자네를 부르게 된 이유는 저자, 이칠의 입에서 자네 이름이 나왔기 때문일세."

설무백은 고개를 갸웃거렸다.

"이칠을 만나러 왔다고요?"

당소가 습관처럼 고개를 끄덕이며 말했다.

"노부가 당문의 사람임은 이미 알고 있을 테니 새삼스럽게 밝힐 필요는 없을 테고, 오래전부터 본가에서 쫓고 있는 반도가 하나 있네. 이름은 사마천조(司馬天助), 본가의 공방(工房)에서 극비에 해당하는 기물을 훔쳐 달아난 도둑이지."

설무백은 눈살을 찌푸리며 나섰다.

"사설이 너무 기시네. 대체 그게 지금 이칠, 이 사람과 무슨 관계가 있다는 겁니까?"

당소가 매섭게 변한 눈초리로 바닥에 엎드린 이칠을 바라보며 말했다.

"상관이 있네. 본가는 최근 그 반도 사마천조가 저기 저 자네의 수하인 이칠과 만났다는 정보를 입수했으니까."

설무백은 내심 머쓱했다.

구대 문파 등이 그렇듯 사천당문 역시 변화의 시간을 겪으며 혼란스러운 난주에서 무언가 이득을 취하려고 기웃거리는 것이라고 생각했다.

그런데 이건 전혀 엉뚱한 문제가 아닌가 말이다.

'그러고 보니……?'

전생에서 방금 전 당소가 언급한 사천당문의 반도 사마천조에 대해서 들어 본 것 같기도 했다.

사천당문 역사상 최고의 비기를 훔쳐서 달아났다는 소문이 있었는데, 그 이후의 결과는 기억이 가물가물해서 전혀 기억나지 않았다.

자세한 사연이야 어쨌든 지금은 그게 중요한 것이 아니었다.

설무백은 마음을 다잡으며 이칠을 향해 물었다.

"사마천조를 만난 적이 있나?"

이칠이 대답했다.

"만난 적은 있습니다만, 저는 그를 잘 알지 못합니다."

"사연이 있겠지?"

"사 년인가 오 년인가 전에 우연찮게 그자를 만난 적이 있습니다. 대가를 받고 남몰래 배를 태워 주었습니다."

이칠이 말을 끝맺고 나서 아무래도 설명이 부족했다고 생각했는지 곧바로 세세한 사연을 덧붙였다.

"개인적인 문제로 남몰래 타지로 도주하는 흑도는 하도 많아서 일일이 다 기억할 수조차 없을 정도입니다. 그도 그런 자들 중의 하나였을 뿐입니다. 다만 그자는 대가로 터무니없이 과한 금덩어리를 지불해서 그나마 기억하고 있습니다."

설무백은 보란 듯이 거듭 확인했다.

"틀림없는 사실이겠지?"

이칠이 머리를 조아리며 대답했다.

"확실합니다. 저는 그가 사천당문의 반도인 사마천조인지도 몰랐습니다. 그저 아까 저기 당 노선배님의 설명을 들어 보니 얼추 비슷한 것 같아서 그렇다고 말씀드린 것뿐입니다. 그런데도 저를 믿지 않고 자꾸 추궁하기에 어쩔 수 없이 주군을…… 죄송합니다, 주군!"

"죄송은 무슨, 잘한 일이다. 나는 너희들을 부리기만 하는 사람이 아니라, 너희들이 기댈 수 있는 사람이기도 하니까."

설무백은 기꺼이 이칠을 위로하고 나서 냉정해진 태도로 당소에게 시선을 주며 말했다.

"들었다시피 그렇다는군요. 더 하실 말씀이 있나요?"

당소가 물었다.

"저자의 말을 믿나?"

설무백은 별 이상한 말을 다한다는 듯이 미간을 찌푸리며 대답했다.

"수하의 말을 믿지 못하면 대체 누구의 말을 믿어야 하는 겁니까? 당문에서는 그러지 않습니까?"

당소의 주름진 얼굴이 볼썽사납게 일그러지며 썩은 대추처럼 검붉게 변했다.

시종일관 잡아먹을 듯이 노려보고 있던 곱상한 청년도 그처럼 얼굴이 변해서 살기를 드러냈고, 보이진 않지만 뒤쪽에서 문을 지키고 있는 사내도 그와 같은 심정인 모양이었다.

그 정도의 살기가 뒤에서 느껴졌다.

설무백은 장내를 압도하는 그런 살기를 전혀 느끼지 못하는 것처럼 태연하게 계속 말했다.

"그간의 노고를 알 길이 없으나, 저는 무려 사오 년 전의 일을 이제 와서 따지는 것도 우습습니다."

그는 무심하게 재차 물었다.

"어떻게 하시겠습니까? 어디 한번 일을 크게 벌이시겠습니까, 아니면 인정하고 조용히 돌아가시겠습니까?"

그는 표정 변화 없이 덧붙여 말했다.

"참고로 저는 사천당문과 척지고 싶지 않지만, 때려 죽여도 수하 하나 제대로 건사하지 못하는 사람은 되기 싫습니다."

어떤 결정을 내려도 좋지만 그 이후에 벌어질 사태의 책임은 전적으로 사천당문에게 있다는 뜻이었다.

명백한 경고였다.

"노부도 자네와 척지고 싶은 마음은 들지 않는군. 자네의 기개도 마음에 들고, 노부의 주장이 너무 빈약하다 것도 깨달았으니, 오늘은 이만 물러가도록 하겠네."

다비독종 당소가 자리를 떠나며 남긴 말이었다.

얼마든지 적의를 드러낼 수 있는 상황임에도, 그는 불쾌한 낯빛 하나 드러내지 않고 분기탱천해서 씩씩거리는 두 사내를 애써 다독이며 조용히 장내를 떠나갔다.

노강호의 연륜이 느껴지는 대목이었다.

다만 '오늘은'이라는 말이 의미심장했다.

오늘의 판단을 다음으로 미루고, 판단이 섰을 때 다시 오겠다는 뜻이었다.

그때는 적의를 가지고 올 수 있다.

그러나 설무백은 그다지 신경 쓰지 않았다.

하루가 다르게 변화하는 시대였다.

나중의 일은 나중에 가서 처리하는 것이 옳았다.

무엇보다도 사천의 패주인 사천당문은 절대 소신을 굽히지 않는 독불장군이긴 하나, 자신들의 영역이 아닌 곳에서 분란을 일으키는 것은 극도로 저어했다.

합당한 이유가 아니라면 적의를 품고 다시 그를 찾아오는 일은 없다는 것이 그의 판단이었다.

　설무백은 그래서 물러나는 당소 등을 보며 사천당문에 대한 관심을 끊어 버리려 했는데, 아무래도 그렇게는 안 될 모양이었다.

　"죄송합니다, 주군!"

　당소 등이 사라지기 무섭게 이칠이 거듭 바닥에 엎드리며 머리를 조아렸다.

　단순히 자신으로 인해 벌어진 사단에 대한 사죄로 보이지 않았다.

　느낌이 전혀 달랐다.

　설무백은 뇌리를 스치는 무언가가 있어서 절로 미간을 찌푸렸다.

　"설마……?"

　설마가 아니었다.

　이칠이 그것을 고백했다.

　"사마천조가 어디에 있는지 알고 있습니다. 아까는 차마 그를 배신할 수 없어서 거짓을 고했던 겁니다. 용서해 주십시오, 주군!"

　설무백은 말문이 막혀 버렸다.

　이칠의 거짓을 용납하기 어려우면서도 선뜻 화를 낼 수도 없었다.

배신의 아픔을 누구보다도 잘 아는 그였기에 더욱 그랬다.

그는 이내 마음을 추스르며 혈영에게 지시했다.

"혈영, 지금 당장 그 노인네 행적을 파악해서 성내를 벗어날 때까지 감시해라!"

"옙!"

혈영이 두말없이 대답하며 암중에서 사라졌다.

설무백은 그제야 이칠을 향해 물었다.

"어떻게 된 일이지?"

이칠이 대답했다.

"그를 우연히 만난 것도, 그가 은밀히 감숙성을 떠나려고 밀선을 구하고자 했던 것도 사실입니다. 다만 제가 밀선을 알아보는 동안 그의 마음이 바뀌는 바람에 남게 되었습니다."

"남게 되었다고? 그가 여기 난주에 있다는 건가?"

"북문 밖 제향촌(諸享村)에 있는 정(鄭)가 대장간입니다."

제향촌의 정가 대장간이라면 설무백도 익히 잘 알고 있었다.

소규모임에도 농기구는 말할 것도 없고, 각종 주물 제작에 매우 능해서 부자들이 대놓고 물건을 납품받는 대장간이었다.

"정가 노인이야 나이도 나이지만 난주 토박이고, 하나 있는 딸이 몇 년 전에 혼례를 올렸지. 마(馬)씨라는 사위가 혹시 그 자인가?"

이칠이 인정했다.

"예, 그 딸과 눈이 맞아서 정착하게 되었다는…… 그가 당문이 쫓는 반도 사마천조라는 것은 저도 나중에 알게 된 사실입니다. 그 전에는 종종 만나서 술도 같이 하고 그랬습니다만, 그 사실을 알고부터는 저도 가급적 찾아가지 않았습니다. 혹여 저로 인해 무슨 일이 생길까 걱정돼서……."

설무백은 잠시 여유를 두고 깊이 생각했다.

세상에 비밀은 없다.

아주 없다고 단정할 수는 없을지 모르나, 거의 없는 것이 사실이다.

따라서 조만간 당문도 모든 사실을 알게 될 것이다.

벌써 턱 밑까지 조여 왔다는 것이 그 방증이었다.

그리고 당문이 이 사실을 절대 묵과하지 않을 것이라는 건 불 보듯 뻔했다.

특히 이번 일은 강호 무림의 모든 가문이 가장 중요하게 생각하는 반도와 비전이라는 두 가지 사안이 중첩되어 있기에 더욱 그랬다.

강호 무림의 모든 가문은 절대적으로 반도를 용납하지 않으며, 자신들의 비전이 밖으로 유출되는 것을 극도로 저어한다.

하물며 사천당문은 특히나 그런 쪽으로 매우 지독했다.

그들, 가문의 비전이 내가기공을 기반으로 하는 무공보다는 독과 암기, 즉 다양한 독을 기반으로 하는 용독술(用毒術)과 수법의 교묘함보다는 암기 그 자체의 뛰어남에 의존하는 암기술에 치중되어 있기 때문이다.

당문의 독과 암기를 대표하는 팔대극독(八大劇毒)과 팔대암기(八大暗器)가 바로 그 증거였다.

당문의 팔대극독은 해독술이 알려지는 것을 방지하기 위해 대대로 충성을 받쳐 온 가신들에게조차 내주지 않으며, 당문의 팔대암기는 무공을 전혀 모르는 아이가 사용해도 무림의 고수를 제압할 수 있었다.

즉, 사천당문에게 있어 대를 이어서 축적되어 온 자신들의 기술과 수단이 외부로 유출된다는 것은 가문의 존망과도 직결될 수 있는 절대적인 문제인 것이다.

오죽하면 그들은 가문의 비전과 비기가 외부로 노출되는 것을 막기 위해서 가문의 여식을 외부로 시집보내지 않고 신랑을 집안으로 들이는 서입혼(壻入婚)을, 즉 데릴사위를 고집하겠는가.

고민 끝에 그는 말했다.

"이건 여차하면 가문의 존망을 걸고 아귀처럼 달려드는 사천의 패주를 상대해야 하는 엄중한 일이다. 그들을 상대하는 것도 걱정스럽지만, 그로 인해 우리 식구들이 다치는 것은 나로서도 두렵지 않을 수 없다."

이칠이 성급하게 그의 마음을 읽고 나섰다.

"제가 책임지고 그를 빼돌리겠습니다. 저도 잠적해 평생을 죽은 듯이 살겠습니다. 설령 저들에게 잡혀 죽는다 해도 이번 일은 절대 주군과 아무런 연관이 없는 것으로 하겠습니다!"

설무백은 불쾌함에 절로 인상을 썼다.

"너는 내 식구가 아니라는 거야?"

이칠이 당황한 얼굴로 어물어물거렸다.

설무백은 끌끌 혀를 차며 사납게 면박을 주었다.

"대를 위해 소를 희생한다, 뭐 이런 거, 나는 딱 질색인 사람이야. 내 앞에서 그런 소리 하다가 괜히 처맞지 말고 조용히 있어."

"......!"

이칠이 조개처럼 입을 다물었다.

설무백은 문득 한숨을 내쉬며 자리를 털고 일어났다.

"다만 이번에는 나도 어쩔 수 없이 그와 비슷한 속물이 좀 되어야겠네. 가자, 앞장 서."

"예?"

이칠이 어리둥절해선 눈을 끔뻑거렸다.

설무백은 냉담하게 말했다.

"그자에게 가자. 아직 나와 아무런 관계가 없는 사람이니, 과연 지켜 줄 가치가 있는 사람인지 어디 한번 봐야겠다."

⚜

북문 밖 제향촌에 있는 정가 대장간은 민가와도 적잖게 떨어진 외딴 길목에 자리 잡고 있었다.

사방이 우거진 수풀지대라 밤늦은 시간이면 호랑이가 나와도 전혀 이상하지 않을 것 같은 산자락이었다.

그러나 정가 대장간의 사위인 마씨가 대장간의 불빛이 흐릿한 길목에 나와서 서성거리다가 설무백 등을 맞이한 것은 밤이 늦은 시간이라 호랑이를 경계하기 위함이 아닐 것이다.

마씨의 태도도 그것을 대변했다.

그는 설무백을 예리하게 훑어보고 나서야 이칠에게 무뚝뚝한 인사를 건넸다.

"자네였군. 이 늦은 시간에 자네가 어인 일이야?"

이칠이 멋쩍게 웃으며 말했다.

"긴히 할 말이 있어서 왔네. 잠시 시간 좀 내주겠나?"

마른 체형이지만 근육질의 몸을 가진 마씨가, 바로 사마천조가 새삼스러운 눈초리로 설무백을 일별하며 돌아섰다.

"따라오게."

돌아선 사마천조는 역시나 대장간으로 가지 않고 샛길로 이어진 막다른 길목으로 그들을 이끌었다.

달빛이 그득해서 어둡지는 않았으나, 누구 하나 죽어 나가도 흔적조차 남지 않을 것 같은 은밀한 장소였다.

어쩌면 정말 그런 의도가 있는지도 몰랐다.

거기 도착하기 무섭게 이칠과 설무백을 번갈아보는 사마천조의 눈빛은 그처럼 싸늘하게 가라앉아 있었다.

"자, 이제 말해 보게. 대체 무슨 일인데 그러나?"

이칠이 설무백의 눈치를 보았다.

설무백이 고개를 끄덕이자, 그가 그제야 주저 없이 사실을 밝혔다.

"어떻게 알았는지, 오늘 당문의 제자들이 나를 찾아왔었네. 자네에 대해서 추궁하더군."

사마천조의 안색이 급변해서 설무백을 보았다.

이칠이 급히 손사래를 쳤다.

"오해는 말게. 이분은 내가 모시는 분일세."

사마천조가 한숨을 내쉬며 말했다.

"내가 아무리 여기 처박혀 살아도 저 소협이 누구인지 정도는 알고 있네. 워낙 소리 없이 유명한 사람이 아닌가. 나는 다만 자네가 나와의 약속을 깼다는 것이 못내 서운할 뿐이야."

이칠이 미안하다는 투로 말했다.

"나로서는 불가항력이었네. 주군의 도움이 없었다면 절대 그들을 돌려보낼 수 없었네."

사마천조가 희미하게나마 웃어 보이며 고개를 저었다.

"자네가 미안해할 일이 아니지. 자네는 여전히 내 은인이네. 그저 내가 뻔뻔스러워졌을 뿐이야. 살다 보니 더 살고 싶은 욕심이 생겨서 말일세."

그는 길게 심호흡을 하고는 다시금 밋밋하게 웃어 보였다.

"아무튼, 사정은 잘 알았으니, 자네는 이만 돌아가 보게. 그리고 이제 더는 나를 위해서 애쓸 필요 없네. 그간 자네에게 짐이 된 것도 미안해서 죽을 지경인데, 이제 더는 그러고 싶지 않아."

"자네, 무슨 말을 그리 섭섭하게 하나!"

이칠이 벌컥 화를 냈다.

내내 침묵한 채 두 사람의 대화를 듣고 있던 설무백은 그런 이칠의 어깨를 슬쩍 잡아서 말리며 나섰다.

"다른 누구보다도 당문에 대해서 잘 알 텐데, 그런 말을 하나? 이제 당신이 죽어 없어진다고 해도 우리 역시 당문의 표적에서 벗어날 수 없다는 걸 잘 알 텐데?"

사마천조의 눈가가 씰룩거렸다.

설무백은 상관하지 않고 냉담하게 하고자 했던 말을 계속했다.

"그래서 묻는 건데, 당신이 훔친 당문의 비기가 대체 뭔지 말해 줄 수 없겠나?"

사마천조가 웃었다.

비웃음이었다.

"결국 그게 목적이라는 건가? 그게 가지고 싶어서 나선 거라 이거지? 큭큭큭……!"

그는 거짓말처럼 웃음을 그치며 싸늘하게 경고했다.

"욕심이 과하면 재앙을 부르는 법이오. 내가 해 줄 수 있는 말은 그것뿐이오. 그러니 그만 꿈 깨쇼!"

설무백은 피식 웃으며 말했다.

"이런 말 들어 봤나? 진심이 통하지 않으면 적의로 바뀐다
는 거?"

말을 끝냄과 동시에 그의 신형이 앞으로 튀어 나갔다.

"흥!"

사마천조가 코웃음을 치며 빠르게 물러났다.

예사롭지 않은 경신술이었다.

과연 그는 상당한 수준의 무공을 익히고 있었던 것이다.

물론 설무백의 입장에서는 어린애 장난처럼 우스운 수준
이었다.

"이 야밤에 밖에서 우리를 맞이한 게 우연이 아니라는 것쯤
은 이미 알고 있다."

냉소를 날린 설무백의 신형에 가속이 붙었다.

사마천조는 크게 당황하면서도 기민하게 옆으로 방향을 틀
었으나, 소용없었다.

설무백은 어느새 그의 돌아서는 방향에 서 있었다.

사마천조가 놀란 토끼처럼 옆으로 뛰며 한 손을 내밀었다.

그의 동작과 손짓은 비록 약간 엉성해 보였으나, 놀랍게도
설무백은 그 순간에 예기치 못한 살기를 감지했다.

감각에 앞서 육체가 반응했다.

설무백의 신형이 흐릿하게 변했다.

피피핏-!

실낱같이 예리한 섬광의 줄기가 흐릿해진 그의 신형을 뚫고 지나갔다.

　흐려지는 자신의 잔상과 동시에 측면으로 홀연히 자리를 이동한 설무백은 예리하게 그것을 확인할 수 있었다.

　'침?'

　우모침(牛毛針) 계열의 암기였다.

　사마천조의 손에 들린 작은 원통이 눈에 들어온 것도 그 순간이었다.

　눈앞에서 유령처럼 사라진 설무백의 신법에 당황한 사마천조가 뒤늦게 자리를 옮긴 그를 발견하며 수중의 원통을 겨누었다.

　설무백은 피하지 않고 냉담하게 손바닥을 내밀며 사마천조를 바라보았다.

　원통의 전면에서 섬광이 명멸했다.

　수백, 수천 개의 우모침이 일시에 쏘아지며 일어난 섬광이었다.

　그와 동시에 설무백의 전신에서도, 정확히는 그의 전신을 기점으로 하는 원형의 공간에서도 섬광이 명멸하고 있었다.

　극강의 호신강기였다.

　원통에서 쏘아진 우모침들이 설무백이 일으킨 호신강기에 막혀서 튕겨지거나 혹은 타 버리며 섬광이 일어난 것이었다.

　"이, 이런 말도 안 되는……!"

사마천조가 그대로 얼어붙은 채 경악과 불신에 찬 눈빛으로 무백을 바라보았다.

설무백은 그 순간 한걸음 앞으로 내딛어서 그와의 사이에 존재하던 거리를 지워 버리며 손을 내밀었다.

사마천조의 수중에 있던 원통의 암기 기관이 낚싯줄에 걸린 물고기처럼 당겨져서 그의 손으로 들어왔다.

고도의 허공섭물이었다.

"헉!"

사마천조가 기겁하며 물러났다.

그러나 이미 늦었다.

어느새 내밀어진 설무백의 다른 손이 물러나려는 그의 턱을 가격하고, 그 턱이 돌아가기도 전에 연이어 복부를 파고들었다.

사마천조로서는 뻔히 눈으로 보면서도 피할 수 없는 손 속이었다.

"컥!"

사마천조가 새우처럼 허리를 접으며 그대로 고꾸라졌다.

설무백은 헛구역질을 해대는 그의 면전으로 다가서서 냉정하게 바라보았다.

사마천조가 뒤늦게 그를 보고는 귀신을 보는 듯한 눈초리로 엉덩이를 뒤로 끌었다.

설무백은 그런 그를 매섭게 직시하며 말했다.

"당문의 비기에 욕심을 내는 것이 아니라 당신에게 욕심을 버리는 소리다. 대충 어찌어찌 하면 그걸 돌려주는 것만으로 당문과의 악연을 끊어 줄 수도 있을 것 같기도 해서 말이다."

사마천조가 여전히 고통에 겨운 듯 피가 나도록 입술을 깨물며 그를 바라보다가 불쑥 키득거리며 웃었다.

아니, 우는 것 같기도 했다.

"그게…… 그게 돌려줄 수 있는 거라면 백 번, 아니, 일천 번도 더 돌려줬을 거다. 큭큭큭……!"

설무백은 도무지 영문을 몰라서 절로 미간을 찌푸렸다.

사마천조가 그런 그의 반응과 무관하게 마치 경기를 일으키듯 더욱 영문을 모르게 울부짖었다.

"안 간다! 절대 돌아가지 않아! 가야 한다면 차라리 목을 매달고 말 거다! 여생을 그 지옥 같은 지하공방(地下工房)에서 보내는 짓은 이제 죽어도 못하겠다!"

기인이사奇人異士 (5)

강호 무림에는 알게 모르게 퍼진 그런 소문이 있었다.

사천당문의 장언 지하에 거대한 공방이 있는데, 그곳에는 타고난 독과 암기의 장인들이 모여 있고, 그들은 평생을 그곳을 벗어나지 못한다는 소문이었다.

또 이런 소문도 있었다.

제아무리 사천당문이 대대로 독과 암기를 연구하며 발전시켰다고 해도 그들, 가문의 능력만으로는 그런 독보적인 성과를 이룰 수 없으며, 이는 그들이 천하의 인재들을 잡아다가 가신이라는 명목으로 억압하고 부리며 연구시키고 발전시킨 결과라는 소문이었다.

물론 이것은 강호 무림을 떠도는 수많은 소문들 중 하나일

뿐이며, 당연히 사천당문은 사실이 아닌 낭설이라 주장했다.

사람들도 사천당문의 주장을 믿었다.

말하기 좋아하는 호사가들이 과장을 더한 허무맹랑한 소문이 강호에는 얼마든지 있었다.

무엇보다도 독과 암기의 조종 가문인 사천당문의 주장을 부정할 수 있을 정도로 담대한 사람은 거의 없었다.

그런데 아니었다.

소문은 낭설이 아니라 진실이었다.

애써 폭주하는 감정을 추스른 사마천조의 입에서 그와 같은 사실이 밝혀졌다.

"나는 세상 사람들이 다 그렇게 사는 줄 알았소. 하루 종일 작은 공방의 장명등(長明燈)이 비추는 탁자에 앉아서 주어진 도면에 따라 이런저런 부속을 만들며, 밥을 주면 먹고, 일이 끝나면 자고, 가끔 후원을 산책시켜 주면 사방이 높은 담으로 밀폐되어 있음에도 하늘을 보고 바람을 마실 수 있어서 더 없이 기뻐하며 말이오."

그러던 사마천조가 세상의 모습이 그게 다가 아니라는 것을 깨닫게 된 것은 열두 살 때라고 했다.

그는 우연찮게 아버지, 사마자천(司馬恣擅)을 따라 숲과 절벽으로 둘러싸인 거대한 장원인 사천당문을 벗어나서 대략 이십여 리 밖, 장강이 크게 굽이쳐 이룬 만(灣)을 따라 형성된 마을인 당가타(唐家家)를 방문해 볼 기회가 있었다.

당가타는 그 이름에서도 알 수 있듯 사천당문을 중심으로 돌아가는 그리 크지 않은 시골 마을이었으나, 그에겐 너무나도 충격적인 새로운 세상이었다.

"그날의 일이 내게 새로운 세상을 보여 주고 싶은 아버님의 의도였다는 것도, 아버님이 이미 수십 년 동안 당문을 탈출하기 위해 노력하고 있었다는 것도 그때 비로소 알게 되었소. 큭큭큭……!"

사마천조가 슬프게 웃으며 말을 이었다.

"사람 마음이 참 간사합디다. 당연한 것이라고 생각하던 지하공방의 생활이 그때부터 지옥 같았소. 그때부터였소. 나는 아버님과 함께 그 지옥을 벗어나려고 장장 이십 년이 넘도록 사력을 다했고, 결국 이렇게 탈출할 수 있었소."

설무백은 묻지 않을 수 없었다.

"어떻게 탈출했지?"

사마천조가 대답했다.

"땅굴이오. 아버님이 동료들과 함께 수십 년 동안이나 비밀리에 파던 땅굴이 온갖 오류와 변수 속에 그날 이후 이십 년이 지나서야 겨우 완성된 거요."

그는 자조적인 미소를 흘리며 말을 덧붙였다.

"그나마 완성되는 시점에 외벽이 무너지는 바람에 아버님을 비롯한 대부분의 사람들이 죽거나 곧바로 출동한 당문의 제자들에게 다시 붙잡히고, 겨우 나만 홀로 탈출에 성공했지만 말이오."

"음."

설무백은 절로 침음을 흘렸다.

그는 전생의 기억을 통해서 대부분의 명문 정파들이 뒤로는 갖은 음모와 계략을 획책하고 있다는 사실을 익히 잘 알고 있었다.

그러나 이건 또 새롭게 알게 되는 비사였다.

독불장군이라고 불릴 만큼 자존심으로 똘똘 뭉친 사천의 패주, 사천당문도 가문의 비전과 비기를 숨기기 위해서 뒤에서는 이처럼 인륜에 어긋나는 짓을 저지르고 있었던 것이다.

"이거 생각이 완전히 달라지는군."

설무백은 의미심장한 미소를 입가에 걸며 혼잣말을 중얼거렸다.

사마천조의 표정이 굳어졌다.

설무백의 태도에서 불길함을 느낀 것 같았다.

설무백은 그런 그를 바라보며 넌지시 말했다.

"죽어도 당문으로 돌아가기는 싫지만, 이렇게 그들의 눈을 피해 숨어 사는 것도 끔찍하지 않나? 언제까지 이럴 수 있다는 보장도 없고 말이야."

사마천조가 긴장한 기색으로 물었다.

"무슨 뜻이오?"

설무백은 대수롭지 않게 제안했다.

"우리 풍잔으로 와서 일해 보는 거 어때? 물론 가족들과 함께. 안 그래도 마침 식구들이 급격하게 늘어난 통에 자체적으로 대장간을 하나 꾸며 볼까 생각하던 참이었거든."

사마천조는 감히 상상도 하지 못한 얘기였던 모양이다.

그는 가타부타 입을 열지도 못한 채 한동안 멍하니 설무백을 바라만 보고 있었다.

⁂

"아니, 대체 어쩌자고 이런 일을 벌이시는 겁니까! 이건 정말 우리 풍잔의 사활이 걸린 문제입니다!"

설무백이 다음 날 아침 사실을 알려 주자, 제갈명은 기겁하며 눈이 휘둥그레져서 길길이 날뛰었다.

"생각해 보세요! 그의 존재는 사천당문이 수백 년 동안이나 목숨을 걸고 지켜온 극비 중의 극비입니다. 독이나 암기보다도 더 중요한 가문의 비밀이라고요. 당문이 이런 사실을 알아보세요. 정말이지 목숨을 걸고 달려들 겁니다. 대체 그들의 분노를 어찌 감당하려고……!"

"쉿!"

설무백은 손가락을 입술에 대서 조용히 하라는 시늉을 하며 사나운 눈빛으로 제갈명을 노려보았다.

"넌 아직도 내가 그렇게 우습게 보이냐? 당문이 분노하면 우리 풍잔을 그냥 말아먹을 것 같아서 그래?"

제갈명이 설무백의 사나운 눈초리를 보고 나서야 아차 싶었는지 재빨리 허리를 굽혔다.

그러나 주장은 굽히지 않았다.

"표현이 과했다면 죄송합니다. 하지만 이건 제가 풍잔의 문상인 이상, 그냥 인정하고 물러날 사안이 절대 아닙니다."

그는 보다 강하게 주장했다.

"주군의 능력을 우습게보거나 무시하는 것이 아닙니다. 상대가 사천당문이기 때문입니다. 그들의 제자 한둘만 나타나도 주변에 사람이 모이지 않습니다. 그들의 독과 암기는 그처럼 자타가 공인하는 천하제일입니다. 제가 어찌 두렵지 않겠습니까."

설무백은 인정했다.

"그래, 두렵지."

그리고 반론을 폈다.

"그래서 그래. 그렇게 두려운 자들이 적으로 돌아서는 것을 방지하기 위해서. 이번 일이 그런 역할을 할 거다."

"예?"

제갈명이 무슨 그런 터무니없는 말을 다 하냐는 듯한 눈빛으로 그를 바라보았다.

"혹시 무슨 약을 잘못 드셨습니까?"

"쓰. 또 까분다. 안 된다 단정하고 대들 생각만 하지 말고 머리부터 좀 굴려라."

설무백은 눈을 부라리며 면박을 주고 말을 덧붙였다.

"네 말마따나 지금 우리는 저들이 수백 년 동안이나 지켜온 가문의 비밀을, 그야말로 세상에 알려지면 저들이 여태 쌓아 온 명성이 나락으로 떨어지고, 가문이 풍비박산(風飛雹散)날 수 도 있는 그런 극비를 손에 쥐고 있는 거다. 이렇게까지 말해 주는데도 번뜩 하고 뭐 떠오르는 게 없냐?"

제갈명이 알 것도 같고 모를 것도 같다는 듯이 오만상을 찡 그리며 뒷머리를 벅벅 긁다가 문득 고개를 갸웃거리며 반문 했다.

"설마 오히려 우리가 저들의 약점을 잡은 거다, 이제 우리가 저들의 목줄을 틀어쥐고 있는 거다, 뭐 이런 생각을 하시는 겁 니까?"

설무백은 픽 웃었다.

"아주 돌머리는 아니네."

제갈명이 어이없다는 듯 길게 한숨을 내쉬며 말했다.

"저기요, 주군. 그거는요, 약점을 잡았다고 하는 게 아니 라, 살인멸구를 당할 입장에 처했다고 하는 겁니다. 살인멸구 아시죠? 죽이면 조용해지는 거요. 저들이 뭐가 아쉬워서 그 런 쉬운 길을 놔두고 질질 끌려가야 하는 어려운 길을 택하겠 습니까?"

설무백은 태연하게 대꾸했다.

"아쉬울 거다. 그것도 아주 많이. 살인멸구가 가능하지 않을 테니까."

제갈명이 잠시 입을 다물고 눈을 끔뻑이다가 이내 히죽 웃으며 말했다.

"주군의 역발상도 대단하고, 그 끝을 알 수 없는 그 자부심도 인정 못하는 바는 아니지만, 제발 눈을 좀 크게 뜨십시오. 상대는 사천당문입니다. 독과 암기의 조종 가문이라는 사천당문!"

설무백은 슬쩍 고개를 돌려서 부르지도 않았는데 제갈명을 따라와서 곁을 지키고 있던 공야무륵에게 시선을 주며 물었다.

"너는 어떻게 생각해?"

공야무륵이 추호도 망설이지 않고 단호하게 대답했다.

"사천당문이 무력을 동원해서 주군의 입을 막으려 든다면 그전에 그들의 입이 먼저 막히게 될 겁니다. 참으로 겁대가리 없는 짓이지요. 그보다 저는……."

슬며시 말꼬리를 늘인 그는 곱지 않게 변한 눈초리로 제갈명을 바라보며 물었다.

"주군을 불신하는 이놈을 굳이 곁에 둘 필요가 있을까 의심이 갑니다. 죽일까요?"

정말 기가 막힌다는 표정으로 공야무륵의 말을 듣고 있던 제갈명이 기겁하며 손사래를 쳤다.

"아니, 저는 주군을 불신하는 게 아니라, 저들이, 그러니까 사천당문이 그리 쉬운 상대는 아니다 뭐 이런 얘기를 하는 거죠. 지나가는 사람을 붙자고 물어보세요. 백이면 백 다 저와 같은 생각일 겁니다."

공야무륵이 누런 이를 드러내고 비릿하게 웃으며 제갈명을 노려보았다.

"그게 주군을 불신하는 거다. 아니, 주군을 전혀 모르는 거지. 주군께서는 천하를 상대로 싸워도 능히 쟁패하실 분이시다. 아직까지도 그걸 모르고 있으니, 죽어도 싸지 않겠나."

"천하쟁패요?"

제갈명이 정말 어처구니가 없어서 뭐라고 할 말이 없다는 표정으로 공야무륵을 바라보다가 불쑥 물었다.

"도대체 그런 허무맹랑한, 아니, 가열한 믿음은 어디서 어떻게 나오는 겁니까? 빈정거리는 게 아니라 정말 궁금해서 그럽니다."

공야무륵이 제갈명의 말을 무시하며 설무백을 향해 물었다.

"죽일까요?"

제갈명이 더는 못 참겠다는 듯 버럭 고함을 질렀다.

"툭하면 죽인다지! 그래, 죽여라! 죽여!"

공야무륵이 제갈명을 향해 돌아섰다.

워낙 목석처럼 표정의 변화가 없는 사람이라 알아볼 도리는 없지만, 설무백의 침묵을 허락으로 받아들이는 것인지도 몰랐다.

실제로 얼마 전에 이미 그런 전과도 있지 않은가.

제갈명이 그 사건을 떠올렸는지 기겁하며 물러나며 두 손바닥을 싹싹 비볐다.

"실수, 실수입니다! 요놈의 주둥이가 그만 실수를 한 겁니다!"

설무백은 조용히 공야무륵을 말렸다.

"그냥 둬. 저런 녀석도 하나 필요해. 그래야 내가 과연 제대로 생각하고 판단하는 건지 돌아볼 기회가 생기니까."

공야무륵이 물러났다.

설무백은 제갈명을 향해 다시 말했다.

"풍잔과 연결된 인근의 건물을 사들여야겠다. 네가 알아서 처리해라."

제갈명이 잔뜩 심통 난 아이처럼 입이 댓 발이나 나온 채로 퉁명스럽게 대답했다.

"대장간을 만들 부지가 필요하다 이거죠?"

"그것만이 아니라, 후원의 별채를 개방의 걸개들에게 내주는 바람에 잠복에서 돌아오는 우리 애들의 쉴 곳이 없어졌잖아."

"그건 그렇죠."

제갈명이 수긍하며 밖으로 나가다가 문 앞에 서서 말했다.

"주군의 결정을 되돌릴 생각은 애초에 가지고 있지 않습니다. 그럴 분이 아닌 걸 잘 아니까요. 하지만 불평을 늘어놓는 저 같은 놈도 있어야 합니다. 주군이 말한 그런 이유로 말입니다."

설무백은 귀찮다는 듯 손을 휘휘 내저었다.

"알았으니 어서 나가 보기나 해. 그러니까 살려 줬잖아."

"쳇!"

제갈명이 습관처럼 입안으로 구시렁거리며 문을 열고 밖으로 나갔다.

그때를 기다린 것처럼 불과 서너 호흡 사이에 다른 사람이 그 문을 열고 안을 들어왔다.

초대하지 않은 손님, 희여산이었다.

"들어가도 되죠?"

벌써 안으로 들어선 희여산이 냉엄한 얼굴에 한줄기 미소를 그리며 묻고 있었다.

초대하지 않은 불청객이 분명함에도 태연하고 자연스러운 모습이 전혀 어색하게 보이지 않았다.

공야무륵의 눈빛이 변했다.

눈에 띄게 흔들리는 모습이었다.

설무백은 이해할 수 있었다.

희여산은 너무나도 빼어난 절색이었다.

백옥 같은 피부에 눈, 코, 입의 절묘한 조화는 흔해 빠진 미사여구를 갖다 붙인다는 것이 오히려 모독인 것 같았고, 몸에 착 달라붙는 백의 무복으로 인해 여지없이 드러난 육체의 굴곡은 너무도 완벽해서 감당하기 어려워 색기마저 느껴졌다.

세상에 미녀가 어찌 한둘이겠냐만은 이처럼 완벽한 미의 조화를 이룬 여자는 오직 그녀 하나뿐일 것 같았다.

그러나 설무백은 그녀의 미모에 홀리지 않았다.

그녀의 미색이 그저 눈에 보이는 것과 다르게 무언가 어긋나 있다는 것을 그는 첫눈에 간파할 수 있었다.

'미염공(美染功)!'

그랬다.

지금 희여산은 색공(色功)의 일종인 미염공을 펼쳐서 자신의 미색을 두드러지게 만들고 있었다.

다만 보통의 미염공은 코를 자극하는 향기나 귓가를 간질이는 목소리.

그리고 무엇보다도 절로 빠져들 것 같은 황홀한 눈빛으로 상대를 미혹하는 법인데, 그녀는 그런 것과 상관없이 상대를 미혹되게 하는 고도의 색공을 익힌 모양이었다.

보통 미염공에서 쓰는 행동이 전혀 없을 뿐만 아니라, 눈도 마주치지 않은 공야무륵이 대번에 미혹되어 버린 것이다.

설무백은 내심 눈살을 찌푸렸다.

'이런 식으로 나를 끌어들이려는 건가?'

그럴 수고 있고, 아닐 수도 있었다.

희여산은 영악하기 짝이 없는 여자인지라 다른 어떤 속셈이 있는지 제대로 파악하기가 어려웠다.

그는 무심한 기색으로 그런 속내를 감추며 그녀를 맞이했다.

"뜻밖이네요. 전날 벌어진 무한(武漢)의 전투 이후 잠시 소강상태라는 얘기는 들었지만, 아직도 여전히 언제 어디서 격전이 벌어질지 모르는 마당이라 적어도 당분간은 이쪽으로 눈길조차 주지 않을 줄 알았는데 말입니다."

얼마 전 호북성의 성도인 무한의 강변에서 내로라하는 강남북의 고수들이 참가한 대규모 전투가 벌어졌다.

그날 이후 남과 북의 전면전은 소강상태로 접어든 상태였다.

그날의 전투로 입은 서로 간의 타격이 매우 심대했던 것이다.

그의 말을 들은 공야무륵의 눈빛이 정상으로 돌아왔다.

그리고 이내 자신의 실태를 깨달은 듯 얼굴을 붉혔다.

설무백이 목소리에 모종의 기운을 불어넣어서 말했기 때문이다.

어지간한 사람이라면 심령이 흔들렸을 정도로 강렬한 기운이었다.

희여산의 안색이 변했다.

그녀는 이채로운 눈빛으로 그를 보았다.

놀라고 감탄하는 이면에 무언가 아쉬움이 서린 눈빛이었
다.

그녀는 그런 자신의 감정을 숨기지 않고 드러냈다.

"놀랍네요. 사별삼일이면 괄목상대라는 말은 마치 설 소협
을 위해 있는 같아요. 불과 두 달 남짓한 사이에 전혀 딴 사람
이 된 것 같은 걸요?"

설무백은 그녀와 애기를 길게 하고 싶지 않았다.

그녀라면 그의 변화를 간파할 수도 있을지도 모른다는 우
려가 들었다.

그게 두렵지는 않았으나, 거북하기는 했다.

그녀가 관심을 가지고 파고들어서 그에게 이로울 것이 전
혀 없었다.

"한가하게 그런 금칠이나 해 주려고 오신 건 아니겠죠?"

"그야 물론이에요."

예리하게 바라보던 눈초리를 부드럽게 바꾼 희여산이 수
중에 들고 있던 검은 보따리를 탁자에 올려놓았다.

그녀가 보따리를 풀자, 사람의 머리가 나왔다.

전 대도회의 회주인 거령도 맹사진의 머리였다.

그녀가 말했다.

"선물이에요."

설무백은 좀 머쓱해진 기색으로 대답했다.

"제가 희 총사에게 선물을 받을 만한 일을 한 기억은 없습

니다만?"

희여산이 미소를 보이며 말을 바꾸었다.

"그럼 대가라고 생각해요. 저를 기만하지 않은 대가요."

설무백에 대한 모든 조사가 다 끝났고, 그의 말에 어긋남이 없었다는 의미였다.

그러나 빙녀라는 별호를 가질 정도로 차가운 여자가 단지 그런 순수한 이유만으로 맹사진의 머리를 들고 그를 찾아오지는 않았을 것이다.

설무백은 내심 그녀의 의도를 짐작하며 사전에 차단했다.

"희 총사는 사정을 물었고, 저는 있는 그대로 솔직하게 대답해 주었을 뿐입니다. 거기엔 제가 희 총사에게 대가를 받을 만한 그 어떤 것도 존재하지 않습니다."

희여산이 어깨를 으쓱하며 대꾸했다.

"그도 저도 아니라면 호의라고 해 두죠."

그는 미소를 잃지 않으며 부연했다.

"호의는 그런 거잖아요. 아무런 이유 없이 다른 누군가에게 베풀 수 있는 거죠."

설무백은 냉정하게 고개를 저었다.

"아니요. 그래도 거절하고 싶은 걸요? 세상엔 공짜가 없듯이 호의에도 이유가 있을 테니까요."

희여산이 조금은 짜증이 난 듯 미간을 찌푸리며 말했다.

"나이도 어린 사람이 세상 참 각박하게 사네요. 왜 이리 빡

빡하게 굴어요? 설마 내게만 이러는 건가요?"

설무백은 태연하게 인정했다.

"예, 희 총사에게만 이러는 겁니다."

희여산이 한 대 맞은 표정으로 벌어진 입을 다물지 못하다가 이내 호기심이 동한다는 표정으로 따져 물었다.

"왜죠?"

설무백은 솔직하게 답변했다.

"지금 제 입장에서는 여러모로 희 총사와 엮이는 게 매우 부담스럽습니다. 하물며 저는 우리 식구들 중 그 누구도 희 총사의 방문을 전혀 알아차리지 못했다는 사실이 몹시 마음에 걸립니다."

희여산의 얼굴에 드리워졌던 불쾌한 기색이 사라졌다.

"솔직해서 좋네요. 의도한 것은 아니지만, 그렇게 생각했다면 남몰래 방문한 건 사과드리죠. 그리고 오늘은 사과의 뜻으로 이만 돌아가겠어요. 하지만……."

그녀는 돌아서며 말을 덧붙였다.

"머지않아 다시 만나게 될 거예요. 알다시피 설 소협의 아버님을 주시하는 정 아무개의 기력이 예전만 못하니, 조만간 설 소협도 자유롭게 되리라 믿어 의심치 않아요. 그때 다시 봐요, 우리."

그녀가 사라지기 무섭게 설무백은 쓰게 입맛을 다셨다.

과연 호락호락한 여자가 아니었다.

그의 의도를 정확히 읽은 것이야 말 그대로 의도한 것이라 그러려니 하지만, 물러날 때를 알고 주저 없이 물러나는 그녀의 태도는 그로서도 부담스럽지 않을 수 없었다.

이 정도의 추진력과 결단력을 가진 여자라면 앞으로 그가 그녀를 상대로 감당해야 할 일들이 쉽지만은 않을 것이다.

그래서 못내 입맛이 쓴 것이었는데, 공야무륵이 오해한 듯 그를 향해 깊이 고개를 숙였다.

"죄송합니다, 주군!"

설무백은 상념에서 깨어나서 공야무륵의 태도를 보고 상황을 짐작하며 짐짓 투덜거렸다.

"요즘 내게 죄송하다는 사람이 왜 이리 많아. 아직은 그녀에게 무리니까 죄송할 것 없어. 아직이라는 소리가 무슨 뜻인지 알지?"

공야무륵이 알아들었다.

거듭 깊이 고개를 숙인 그가 우직하게 대답했다.

"빠른 시일 내에 그녀를 발아래에 두도록 하겠습니다!"

설무백은 내심 고소를 금치 못했다.

아무리 그래도 거기까진 바라지는 않았다.

전생의 그인 흑사신도, 그 흑사신이 아는 흑선궁 최강의 살인마 공야무륵도 희여산과 어깨를 나란히 하는 것이 다였을 뿐, 넘어서지는 못했다.

그는 무심결에 그런 생각이 들어서 못내 공야무륵을 외면하다가 이내 생각을 바꾸었다.

전생의 그때와는 시간과 공간이 달랐다.

자랑은 아니나, 지금의 그는 전생의 그인 흑사신을 넘어섰고, 희여산을 발아래 두고 있다고 믿어 의심치 않았다.

공야무륵이라고 그렇게 못하리라는 법은 없었다.

"잠깐 이리 와 봐."

설무백은 공야무륵을 가까이 불렀다.

공야무륵이 늘 그렇듯 두말없이 다가왔다.

설무백은 자신의 손목과 발목에 차고 있던 사라철목 팔찌와 발찌를 빼서 그의 손목과 발목에 직접 장착해 주었다.

"사라철목이다. 내가 수련을 위해서 수년 간 차고 다닌 건데, 하루 빨리 그녀를 넘어서라는 의미로 네게 주마, 내 사부의 유품이니까 어디 가서 잊어 버리면 죽는다."

공야무륵이 단순한 사람답게 감격한 표정을 지으며 움직여 보다가 이내 깜짝 놀라서 말을 더듬었다.

"이, 이 무거운 걸 수 년 간 팔다리에 차고 다니셨다고요?"

설무백은 특유의 미온한 미소를 지으며 말했다.

"알겠지만 같은 크기의 금보다 더 비싸고 무거운 신물이다. 각기 사백 근은 나가니, 다 합하면 족히 천육백 근의 무게를 몸에 달고 다니는 거다. 어때? 수련에 도움이 되겠지?"

공야무륵이 황당하다는 표정으로 그를 바라보다가 이내 안색을 바꾸며 고개를 숙였다.

"주군의 기대를 저버리지 않도록 최선을 다하겠습니다!"

설무백은 냉정하게 주의를 주었다.

"최선을 다하는 것보다 제대로 하는 게 중요하다. 최선을 다했으니 그걸로 됐어, 결과가 나쁜 건 내 탓이 아니라 운명이야, 따위의 생각은 내가 가장 싫어하는 태도다!"

공야무륵이 재빨리 말을 바꾸었다.

"제대로 하겠습니다, 주군!"

설무백은 픽 웃었다.

그때 인기척이 느껴졌다.

"다녀왔습니다, 주군."

혈영이었다.

설무백의 지시로 당소 일행의 행적을 감시하던 그가 하루 만에 돌아온 것이다.

"늦었군?"

설무백이 고개를 갸웃거리며 묻자, 혈영이 늘 그렇듯 모습을 드러내지 않은 채로 보고했다.

"그들이 동문을 벗어나기에 잠시 뒤를 밟아 보았습니다."

"그들이 동문으로……?"

사천으로 가려면 남문과 이어진 관도를 타는 것이 보통이었다.

어차피 가다 보면 관도가 사라지고, 새도 넘기 어렵다는 촉도(蜀道)를 넘어야 하는 터라 그다지 이상하게 볼 일이 아닐 수도 있었다.

그러나 문제는 언제나 사소한 것에서부터 시작되기에 관심을 가지지 않을 수 없었다.

아마 혈영도 그래서 굳이 뒤를 밟았을 것이다.

"그쪽 어디에 볼일이 있었던 건가?"

"그것까지는 확인할 길이 없었습니다. 저는 그들이 녕하의 북부를 가로질러서 환현(環縣)로 이어진 관도를 타는 것까지만 확인하고 돌아왔습니다."

"그쪽 길은 북평의 순천부로 가는 길 아닌가?"

설무백이 절로 고개를 갸웃거리며 말하자, 혈영이 수긍하며 자신의 소견을 밝혔다.

"그렇습니다. 저도 그렇게 알고 있습니다."

"그들이 왜 순천부를……?"

설무백은 도무지 답을 찾을 수가 없었다.

다른 사람들이야 말할 것도 없고, 나름 그가 인정하는 지낭인 제갈명을 불러 물어봐도 오리무중이라는 답변만 돌아왔다.

그래서 어쩔 수 없이 그저 두고 보자는 식으로 의혹을 접어버린 그였는데 의외의 사람이, 정확히는 그가 깜빡 잊고 있던 사람이 그에 대한 답을 들고 왔다.

풍잔의 별채에 들어앉은 개방의 막 장로 파면개가 바로 그였다.

"그간 무림에 없던 흐름이 발견되었소. 중원 각지의 내로라하는 고수들이 은밀하게 북평으로 향하고 있소."

설무백은 막 장로의 말을 듣는 순간 뇌리에 떠오르는 인물이 하나 있었다.

'연왕!'

이건 틀림없이 연왕 주체가 서서히 본색을 드러내며 준동하고 있는 것이 분명했다.

이상한 일이었다.

그가 가진 전생의 기억에 따르면 아직 때가 이르지 않은가.

어떻게 해야 할까?

어떻게 대처하는 것이 옳을까?

설무백은 고민에 빠져서 몇날 며칠 밤잠을 설쳤다.

원래의 계획대로라면 무시하고 외면하는 것이 옳았다.

그러나 그의 계획은 이미 변수를 맞이해서 새로운 국면으로 접어든 상태였다.

그는 이미 연왕을 만나서 인연을 맺었고, 연왕은 그의 아버지인 설인보에게 지대한 관심을 보이고 있었다.

백리평의 혈사로 인해 마땅히 분노해야 할 정 태감이 지난 몇 달간 잠잠했던 이유는 그와 무관하지 않을 터였다.

연왕이 무언가 조치를 취한 까닭에 정 태감이 나서지 않은 것이고, 그건 다시 말해서 연왕과 아버지 설인보가 이미 모종의 관계를 맺었다는 의미로 해석될 수 있기에 그는 고민하지 않을 수 없었다.

그러던 어느 날, 정확히는 그런 정보를 입수한 지 닷새가 지나가는 날의 새벽이었다.

뜻하지 않게, 그의 길을 열어 줄 사람이 찾아왔다.

북경대부 방 장자의 양자이자, 그와는 뗄 수 없는 인연의 주인공인 방양이었다.

"나 좀 도와주라! 나와 같이 순천부에 좀 가 줄 수 있겠나?"

북평 순천부는 그리 살기 좋은 땅이 아니다.

사계절이 있으나, 봄과 가을은 짧고 무더운 여름과 한파가 몰아치는 겨울은 길어서 대기가 견디기 어려운 환경이었다.

설무백이 도착한 그날도 그랬다.

어느덧 가을이 저물면서 겨울의 문턱에 들어섰음에도 하늘은 모래먼지로 뿌옇게 흐리고, 대지는 서서히 시작된 삭풍에 말라서 황량하고 을씨년스러운 풍경을 자아내고 있었다.

어쩌면 연왕이 북평에 있는 것이 그래서인지도 몰랐다.

대업이 성공하면 공신들은 굶주린 승냥이로 변하고, 자식들은 이지를 잃은 살모사로 변한다는 말이 있다.

역사가 알려 주는 교훈이다.

따라서 제왕은 그들의 공로를 높이, 그리고 공평하게 평가해 주는 것만이 능사가 아니고, 충분히 경계를 하는 것이 마땅하다.

당금 황제는 그래서 의도적으로 척박한 땅이면서도 북방의 적과 대치해야 하는 관계로 힘을 키우기 어려운 북평을 자식들 중 가장 명석한 연왕 주체에게 하사한 것일 수도 있었다.

그러나 황제의 의도가 그것이었다면 큰 오판이었다.

황량하고 위태로운 땅인 북평에 자리한 순천부는 모순적이게도 어딜 가나 건물이 꽉 들어차서 사람들로 북적거렸다.

그게 연왕 주체의 현명한 통치로 인한 것인지는 알 도리가 없었으나, 작금의 순천부는 경사 응천부 다음으로 제일가는 대도시가 되어 있었다.

북경상계를 주도하는 북경상련(北京商聯)의 총수로, 북경대부라 불리는 방소 방 장자의 집은 그런 북직예(北直隸 : 북경성 직할 구역) 내에서도 연왕이 거처하는 왕부(王府)를 제외하면 고루거각(高樓巨閣)이 가장 많다는 북경성의 동부 왕부정대가(王府井大街)가의 중심을 차지한 대저택이었다.

"엄청나군. 족히 우리 풍잔의 스무 배는 되겠는걸?"

설무백은 절로 입을 벌리며 감탄했다.

저택이라고 해서 어느 정도 예상은 했지만, 이건 예상이 무색한 엄청난 규모였다.

말이 저택이지 실제로는 성벽처럼 높은 담 아래 거대한 전각군을 거느린 궁전 같은 곳이었다.

"누가 무저갱 출신 아니랄까 봐 촌스럽게 굴긴. 명색이 하북의 중심지인 순천부의 상권을 통괄하는 거대 상단의 총수가 거처하는 집이다. 이 정도 포장은 해야 면이 서는 거야."

방양이 대수롭지 않게 말을 자르고는 그에게 고개를 기울이며 나직이 다시 말했다.

"그보다 명심해. 뭐든 다 괜찮은데, 아버님의 오랜 가신들인 오대산인(五大算人)의 눈 밖에 나는 짓은 절대 하지 말아야 한다. 그들은 아직 아버님을 제외한 그 누구도 추종하지 않는 것이 확실하니까."

설무백은 피식 웃으며 방양을 쳐다보았다.

"너 벌써 그 말을 내게 다섯 벗이나 한 거 아냐?"

방양이 멋쩍게 웃었다.

"내가 그랬나?"

설무백은 지그시 그런 그를 바라보다가 불쑥 물었다.

"혹시나 해서 묻는 건데, 너는 나를 어느 정도 믿냐?"

방양이 추호도 망설임 없이 힘주어 대답했다.

"전적으로!"

"어째서?"

"아버님이 그간 네가 난주에서 벌인 모든 일을 말해 주면서 그러셨거든. 이번 일에 너만큼 적격인 사람은 없다고."

설무백은 눈총을 주었다.

"그건 나를 믿는 게 아니라 방 숙부님을 믿는다는 소리 아니냐?"

방양이 스스럼없이 말했다.

"그게 그거지. 믿는 사람이 믿는 사람을 믿는 게 틀린 건 아니잖아?"

설무백은 딱히 부정할 수 없어서 말문이 막혔다.

방양이 그런 그를 향해 빙그레 웃으며 의미심장하게 말했다.

"그리고 이런 말씀도 하셨지. 향후 강호 무림은 너로 인해 큰 변혁의 시기를 맞이할 것이라고."

설무백은 짐짓 미간을 찌푸리며 물었다.

"방 숙부님 허풍이 장난 아니지?"

방양이 장단을 맞추듯 눈동자를 하늘로 들며 어물어물 대답했다.

"아, 뭐, 그런 면이 없지 않아 있으시긴 하지."

설무백은 짐짓 눈총을 주었다.

"그게 아들 입에서 나올 소리냐?"

방양이 어깨를 으쓱였다.

"아들도 할 말은 하고 살아야지 않겠냐. 말도 마라."

그는 과장되게 몸서리를 치며 말했다.

"그간 내가 아버님께 당한 걸 생각하면 사흘 밤낮을 떠들어도 모자란다. 장롱에 숨겨 둔 금송아지가 알을 낳는데, 그 알에서 오리가 나왔다는 말부터 시작해서, 어릴 때 한 번은 배가 안 나온 사내는 사내가 아니라서 고추가 떨어진다는 말로 속여서 내가 죽자 살자 밥만 먹고 지낸 적도 있었다."

그는 불룩하게 나온 자신의 배를 두드리며 볼썽사나운 인상을 썼다.

"이 배가 다 그때부터 시작된 거다."

설무백은 불쑥 물었다.

"그래도 믿는다는 거네? 철저하게?"

방양이 웃음기를 머금은 채로 진지하게 대답했다.

"그래도 내 아버지니까."

설무백은 이제야 홀가분한 마음이 되어서 묵묵히 고개를 끄덕였다.

이 정도면 충분했다.

방양의 태도에서는 그를 기만하는 한 점의 가식도 느껴지지 않았다.

방양의 부탁을 들은 이후, 마차를 타고 여기 북평의 순천부로 오는 내내 의지와 무관하게 가슴 한구석에 남아 있던 왠지 모를 불신의 씨앗이 말끔히 사라진 것이다.

그는 마음을 다잡으며 진지하게 물었다.

"너의 승계를 마뜩찮게 생각하는 사람이 몇 명이라고 했지?"

방양이 크게 당황하며 주변이 눈치를 보았다.

대문을 지내서 내원을 거스르고 있는 그들의 주변에는, 정확히는 그와 설무백, 그리고 그들과 함께 풍장을 나선 공야무륵과 풍사, 사문지현, 화사 등 네 사람의 곁에는 대여섯 명이나 되는 상단 소속의 호위 무사들이 따르고 있었다.

다른 건 몰라도 내밀한 사항을 입에 담을 상황이 전혀 아닌 것이다.

그는 이내 재빨리 그에게 고개를 숙이며 속삭였다.

"내가 그랬지! 아직은 누가 누구편인지 전혀 깜깜이라고!"

설무백은 웃었다.

"걱정 마. 지금 너와 나의 대화는 바로 뒤에서 따르는 우리 애들도 들을 수 없다."

사실이었다.

설무백은 방양과 대화하는 내내 공력을 일으켜서 주변을 차단하고 있었던 것이다.

방양이 눈을 끔뻑거리며 놀라워했다.

"그런 재주도 있냐?"

설무백은 눈총을 주었다.

"어서 대답이나 하지?"

방양이 대답했다.

"……그거야 열일곱 누이 전부 다지. 아, 하나는 빼야 한다. 막내는 내 편이야. 어리지만 내게는 하나뿐인 위로지."

설무백은 헷갈려서 물었다.

"누이가 열 셋 아니었나?"

방양이 히죽 웃으며 대답했다.

"그새 늘었지. 아직도 모른다. 우리 아버님 여전히 그 힘이 좋으셔서 더 늘어날 수도 있어."

설무백은 뭐라고 할 말이 없어서 입맛을 다시다가 뒤늦게 문제의 핵심이 빗나갔다는 것을 깨달으며 말했다.

"방만한 너 때문에 나까지 다 정신이 없다. 그게 아니라, 무력까지 동원할 정도로 막나가는 사람이 몇이나 되냐고?"

방양이 무언가 계산을 하는 것처럼 잠시 눈을 멀뚱거리며 뜸을 들이다가 툴툴거렸다.

"젠장, 뺄 사람은 어떻게든 빼도 아홉이나 되네. 혼례를 올린 누이들 중 셋째 누이를 뺀 나머지 일곱 누이 전부 다고, 북경상련의 예하인 중원표국(中原□國)의 국주이면서 북경상련의 호위 무사들을 총괄하는 사자두(獅子頭)채인(蔡麟), 채 대인과 북경상련과 경쟁하는 대정상련(大井商聯)의 총수인 독심수사(毒心秀士)섭자생(雙資生), 그렇게 둘이다."

"대단하네. 왕자의 난은 들어왔어도 공주의 난은 처음이다."

설무백은 어이없다는 듯 말하다가 문득 떠오르는 것이 있어서 물었다.

"그런데 방 숙부님 아래에 부총수가 하나 있다고 하지 않았나? 따지고 보면 이인자인 그 사람이 가장 분하고 억울할 텐데, 어째 그 사람 이름이 없어?"

방양이 애매한 표정으로 입맛을 다시며 대답했다.

"그분, 연(研)당숙(堂叔)은 어디까지나 중립이셔. 말씀도 그렇고, 실제 행동도 그렇게 하시고. 아, 친당숙은 아니고 의당숙, 그러니까 아버님의 의형제시지."

설무백은 짧게 물었다.

"믿냐?"

방양이 쓴 미소를 지으며 대답했다.

"내가 이 상황에서 누굴 믿겠냐? 그냥 그렇다고 하고, 그렇게 보이기도 하니까, 그러려니 하는 거지."

설무백은 묵묵히 고개를 끄덕였다.

방양은 허술하고 모자란 듯 행동해도 실제는 대쪽같이 정확한 성정의 소유자였다.

그러니 확실히 아니라면 아니라고 했을 것이다.

하나뿐인 위로라고 말하는 막내의 경우처럼 말이다.

따라서 연 당숙이라는 부총수의 경우는 말 그대로 의심의 여지는 있지만 믿고 싶다는 뜻이었다.

그는 가만히 생각을 정리한 끝에 물었다.

"지금 네가 확실하게 믿을 수 있는 사람은 누구지?"

방양이 기다렸다는 듯이 대답했다.

"당연히 아버님이지."

설무백은 윽박을 질렀다.

"빼고!"

방양이 당당하게 대답했다.

"없어."

그는 히죽 웃으며 덧붙였다.

"우리 막내는 너무 어리고 또 여려서 이번 일에 끼게 하고 싶지 않으니까."

설무백은 한숨을 내쉬었다.

"대체 그동안 뭐 하고 살았나?"

방양이 거듭 웃으며, 그렇지만 슬프게 보이는 눈빛으로 대답했다.

"아버님이 영원히 사실 줄 알고 살았지."

설무백은 말문이 막혀 버렸다.

알 수 없는 먹먹함이 그를 그렇게 만들었다.

기실 방 장자가 시한부 생명이라는 사실이 이번 사태의 시발점이라는 것을 그는 이미 들어서 알고 있었다.

잠시 머뭇거리던 그는 이내 짐짓 사납게 눈을 부라리며 쏘아붙였다.

"넌 어디서 다른 사람에게 불쌍하게 보여서 도와주지 않고는 못 배기게 만드는 기술만 배웠냐?"

방양이 짐짓 울상을 지으며 대답했다.

"그래. 제대로 봤다. 그러니 제발 좀 제대로 도와주라."

"이걸 그냥 확 때려죽일 수도 없고…… 어휴……!"

설무백은 거듭 한숨을 내쉬며 잠시 생각에 감겼다가 이윽고 마음을 정하고 입을 열었다.

"좋아, 이렇게 하자. 너는 내게 전권을 준다고 했지만, 그건 너무 무리야. 나는 상인의 머리가 어떻게 돌아가는지 전혀 모르는 문외한이라 그들의 습성이나 행동을 제대로 파악할 수 없다. 알아야 면장을 한다고, 그들이 무슨 일을 해도 그게 너에게 득이 되는 일인지 실이 되는 일인지 알아봐야 막든지 부추기든지 할 수 있지 않겠냐."

그는 힘주어 결론을 말했다.

"그러니 네가 전권을 가지고 나를 무기로 써라. 물론 나도 나름 판단해서 행동하긴 할 테니, 그게 아니다 싶으면 즉시 알려 주는 것으로 하고. 아무래도 내 생각엔 그게 최선인 것 같다."

모르긴 해도, 병상에 누운 방 장자가 방양에게 그를 추천한 이면에는 그런 복안이 내제되어 있었을 것이라고 그는 생각했다.

방 장자는 양자임에도 북경상련의 전권을 물려줄 정도로 신임하는 방양에게 마땅히 있어야 할 무력이 없다는 사실을 누구보다도 잘 알고 있을 테니까.

묵묵히 고개를 끄덕이며 그의 말을 듣고 있던 방양이 문득 전방을 주시하며 눈을 빛냈다.

"그 무기, 지금 당장 써도 되는 거냐?"

설무백은 시선을 돌려서 방양의 시선이 닿은 전방을 바라보았다.

전각과 전각 사이에 펼쳐진 정원을 가로질러서 그들을 향해 다가오는 일단의 무리가 있었다.

　　그는 대번에 방양의 말이 무슨 뜻인지 알아들으며 고개를 끄덕였다.

　　"그야 물론이지."

　　방양이 보란 듯이 그들을 향해 다가오는 무리를 이끌고 있는 선두의 중년 사내를 손가락으로 콕 집어 가리켰다.

　　"내 둘째 매부(妹夫)다. 내 잘난 매부들 중에서 손꼽히는 무력의 소유자인데, 제발 기 좀 죽여줘라."

　　그는 멋쩍게 웃으며 덧붙였다.

　　"나보고 아버님과 함께 묻히고 싶지 않으면 조용히 살라고 하더라."

人生何處不相逢 (1)

설무백은 주변을 차단했던 공력을 풀며 무리를 이끄는 사
내를 유심히 살펴보았다.

넓적한 얼굴에 세 갈래 수염을 기른 중년의 사내였다.

햇볕에 그을린 듯 검은 피부의 얼굴에는 미세하게 파인 주
름살이 가득하고, 오른쪽 광대뼈 옆에는 길게 늘어진 칼자국
이 선명하게 돋으라져 있었다.

전체적으로 사나운 인상인데, 그 사나움이 인정될 정도로
일찍부터 수련을 쌓아서 견고하게 다져 온 무력이 느껴졌다.

'명색이 하북팽가의 핏줄이라 이건가?'

설무백은 이미 방양을 통해서 북경상련에 몸담고 있는 모
든 사람들에 대한 정보를 입수한 상태였다.

그래서 중년 사내의 정체도 첫눈에 알아볼 수 있었다.

하북팽가의 차남인 폭도(暴刀) 팽이효(彭二梟)였다.

도법으로 유명한 하북팽가에서도 수위를 다툰다는 도법의 고수로, 작금의 남북대전에서 북련을 이끌고 있는 팽마도 팽의정 손자이자, 팽가의 주력을 이끌고 남북대전에 참가한 아버지 풍뇌도(風雷刀) 팽무종(彭武宗)과 장남 귀명도(歸命刀) 팽대호(彭大虎)를 대신해서 가문을 지키는 문지기였다.

그는 특유의 미온한 미소를 입가에 드리우며 물었다.

"막나가도 되는 거지?"

"그야 물론……."

방양이 기꺼이 승낙하다가 얄궂게 변해 버린 그의 눈빛을 보고는 말을 바꾸었다.

"적당히. 먼저 시비를 걸지 않으면 그냥 넘어가고. 명색이 한 식구 아니냐."

설무백은 눈총을 주었다.

"거대 상련의 아들 주제에 약해 빠져서는!"

방양이 웃는 낯으로 인정했다.

"내가 좀 그렇긴 해."

설무백은 어련하겠냐는 듯 손을 내젓고는 쓰게 입맛을 다셨다.

"그럼 귀찮게 여차하면 내가 나서야 한다는 거네."

방양이 무슨 말인지 이해하지 못하며 어리둥절해했다.

"그게 무슨 소리야?"

설무백은 뒤를 따르는 공야무륵 등을 일별하며 멋쩍게 입맛을 다셨다.

"이 친구들이 좀 애매해. 누구는 애초에 적당히 라는 걸 모르고, 누구는 아직 어설퍼서 적당히 처리하지 못하지."

방양은 그래도 선뜻 이해하지 못하는 표정이었으나, 더 물어볼 기회는 없었다.

지근거리로 다가선 팽이효가 손을 흔들며 말을 건넸기 때문이다.

"여, 처남. 급한 일로 어딜 갔다는 얘기를 들었는데, 이제 돌아오는 건가?"

방양이 정중하게 공수했다.

"예, 아시다시피 제가 마땅히 곁에 둘 인재가 없지 않습니까. 일전의 그 일도 있고 해서 아쉬운 대로 급히 친구에게 도움을 좀 청했습니다."

팽이효가 습관처럼 고개를 끄덕이는 모습으로 설무백 등을 훑어보며 말했다.

"눈먼 자객이 들었었다는 얘기는 들었네만, 이거 조금 섭섭한 걸? 나는 처남이 내게 도움을 청할 줄 알고 단단히 벼르고 있었는데 말이야."

방양이 넉살스럽게 대답했다.

"말씀은 고맙지만, 어디 그럴 수 있나요. 제 일은 제가 알아서 처리해야죠. 명색이 북경상련의 후계자가 다른 사람도 아니고 매부들의 도움을 받는다고 하면 세상 사람들이 다 놀릴 겁니다. 너무 무능하다고. 제가 아무리 못났어도 그런 일은 피해야죠."

팽이효의 안색이 살짝 변했다.

매섭게 보이는 그의 눈빛 한 귀퉁이로 의혹과 불신이 교차하고 있다는 것을 설무백은 예리하게 느낄 수 있었다.

방양의 입에서 후계자라는 말이 나오는 순간의 변화였다.

지금처럼 당당하게 그것을 밝힌 것이 처음인 것일까?

이유는 모르지만, 애써 그런 기색을 감춘 팽이효가 웃는 낯으로 새삼 설무백 등을 훑어보며 말했다.

"그래도 남보다야 식구가 낫지. 보아하니 정말 급하게 서두른 것 같은데, 지금도 늦지 않았네. 처남이 원한다면 내 기꺼이 전력을 다해서 도움세."

정중을 가장해서 말하고 있지만, 설무백 등을 아주 무시하는 태도였다.

급하게 구해서 그런지 참으로 별 볼일 없는 자들을 구했다고 노골적으로 비웃는 것이다.

설무백은 절로 실소하며 보란 듯이 거만하게 턱짓으로 팽이효를 가리키며 방양을 향해 물었다.

"누구냐?"

알면서 묻는 것이고, 방양도 그걸 알면서 대답해 주었다.

"이런 내 정신 좀 봐. 인사해. 우리 둘째 매부다."

설무백은 냉담하게 손을 내저었다.

"인사는 무슨, 내가 너 도우려고 왔지, 너희 매부들 만나러 왔냐? 귀찮다. 어서 가자."

도발이었다.

팽이효의 눈썹이 꿈틀했다.

도발에 넘어온 것이다.

"어린 친구가 너무 예의가 없군! 남의 집에 와서 그 집 어른을 면전에 두고 무시하다니, 그게 무슨 버르장머린가!"

공야무륵이 설무백의 곁으로 나섰다.

설무백은 그의 입에서 '죽일까요?'라는 질문이 나오기 전에 손을 들어서 막고는 삐딱하게 팽이효를 바라보며 보란 듯이 미간을 찌푸렸다.

"머리가 나쁘시네? 예의 없이 면전에서 무시당한 것은 그쪽보다 내가 먼저인 것 같소만, 아닌가?"

"뭐, 뭐라고……?"

팽이효의 안색이 대번에 붉게 달아올랐다.

설무백은 그 입이 열리기 전에 다시 말했다.

"그리고 그쪽이 이 집안의 어른이오? 출가외인도 모자라서 그 외인의 남편 되시는 분이 어떻게 이 집안의 어른이 된다는 거요?"

팽이효의 눈가에서 경련이 일어났다.

    반박할 말이 떠오르지 않아서 극도로 분노한 것인지, 극도로 분노해서 반박할 말이 떠오르지 않는 것인지 알 수 없는 모습이었다.

    설무백은 그에 아랑곳하지 않고 태연히 말을 더했다.

    "그거야 뭐 그렇다 치도, 우리 선수끼리 이러지 맙시다. 혹시나 해서 미리 밝혀 두는데, 나는 친구 방양을 돕고 지키려 여기에 온 거요. 따라서 당연하게도 방양 이외에 모든 사람은 적이거나 잠재적 적으로 보고 있소. 잊지 말고 유념해 두시오. 어린놈의 헛소리라고 치부했다간 피를 봐도 아주 많이 볼 테니까."

    팽이효가 전신을 부들부들 떨었다.

    극도의 분노를 감당하기 어려운지 어금니까지 악물고 있었다.

    그는 그렇듯 애써 분노를 억누르고 손을 들어서 칼자루를 잡고 나서려는 뒤쪽의 수하들까지 제지하며 어설프게나마 방양을 향해 미소를 보였다.

    "처남, 이거 잘못하는 거야. 조만간 내게 이런 것을 후회할 날이 올 텐데, 그래도 괜찮겠어?"

    방양이 어색하게 웃으며 대답했다.

    "그건 잘 모르겠고, 이거 하나는 분명하게 알고 있습니다. 잘못을 판단하는 건 매부가 아니라 싸움에서 이긴 사람이죠. 싸움에서 지면 잘잘못을 따질 주제도 못 되니까요. 안 그렇습니까?"

팽이효의 안색이 싸늘하게 굳어졌다.

"내가 여태 처남을 잘못 보고 있었군그래."

방양이 태연하게 인정했다.

"예, 잘못 보셨습니다. 제가 그저 단순한 겁쟁이가 아니라 힘을 가지면 얼마든지 모질게 건방을 떨 수 있는 종자라는 걸 진즉에 아셨어야죠."

팽이효가 냉소를 머금었다.

"아직 늦지 않았다고 생각하네. 너무 일찍 이빨을 드러낸 것이 아닌가 싶어."

"뭐, 그럼 어쩔 수 없죠. 그게 저의 한계일 테니까."

방양이 대수롭지 않게 대꾸하고는 설무백의 어깨를 툭 치며 발길을 옮겼다.

"가자. 왔는데, 아버님께 인사부터 드려야지."

설무백은 여부가 있냐는 듯 고개를 끄덕이며 그의 뒤를 따라서 팽이효의 곁을 지나가다가 슬쩍 말을 흘렸다.

"앞으로 보기 싫어도 종종 보게 될 텐데, 그때는 이런 싱거운 말장난은 하지 맙시다. 몸의 대화라면 모를까 선수끼리 너무 쪽팔리지 않소."

그 말에 팽이효가 잡아먹을 듯이 설무백을 노려보았다.

살기가 다시 일어났으나, 그는 역시나 꾹꾹 눌러 참고 있었다.

설무백은 그런 그를 쳐다보지도 않고 손은 흔들며 멀어졌다.

얼음처럼 싸늘하게 굳어져서 이를 갈며 그렇게 멀어지는 방양과 설무백 일행을 응시하던 팽이효가 불쑥 말했다.

"내가 어린 처남도 아니고, 어린 처남 친구 나부랭이라는 애송이의 뒤통수 한 대 갈기는 것이 그렇게 문제가 되나? 날 막은 이유를 말해 봐. 납득이 되지 않는다면 당장에 짐을 싸서 가문으로 돌아가야 할 거다."

그랬다.

극도로 분노한 팽이효가 전에 없이 지고지순한 인내를 발휘해서 참고 나서지 않은 것은 누군가 남몰래 그를 말렸기 때문이었다.

뒤쪽에 고개를 숙인 채 시립해 있던 중늙은이였다.

양쪽 눈이 각기 크고 작아서 짝눈인 그가 대답했다.

"애송이는 잘 모르겠지만, 뒤쪽에 서 있는 놈들 중에 아는 얼굴이 있습니다."

"아는 얼굴?"

"공야무륵이라고, 변방의 낭인 시장에서 제법 알아주는 고수입니다. 그자의 옆에 있던 곱상한 계집 아이 하나는 화사라고, 역시나 그쪽 계통에서 꽤나 알려진 계집이고요. 그러니 다른 자들도 같은 부류일 텐데, 이공자께서 손을 썼다면 일이 매우 커졌을 겁니다."

"음."

팽이효가 침음을 흘렸다.

중늙은이가 한마디 더 부연했다.

"낭인 애들 몇 떼려 죽이자고 일을 그르칠 수는 없지 않겠습니까."

팽이효가 지그시 입술을 깨물었다.

분노와 상관없이 납득한 것이다.

그는 이내 씹어뱉듯 말했다.

"저 새끼 뒤 좀 캐 봐!"

"고맙다."

팽이효와의 거리가 멀리 떨어지자, 미묘해진 표정으로 변한 방양이 웃으며 흘린 말이었다.

"뭐가?"

"그냥."

설무백은 무심결에 반문하고 대답을 들으며 방양의 쳐다보다가 이내 손을 내젓고 말았다.

방양의 미묘한 표정은 통쾌함이었다.

내색은 하지 않았으나, 그간 그가 어떤 억압 속에 살았는지를 대변하는 모습이었다.

설무백은 끌끌 혀를 차며 중얼거렸다.

"네가 이렇게 좋아할 줄 알았으면 좀 때려 줄 걸 그랬군."

방양이 고개를 저었다.

"아니, 충분하다. 아주 훌륭하게 그를 욕보였어. 십 년 묵은 체증이 뻥 뚫린 기분이다. 정말이지 그동안 내가 왜 무공을 외면하며 살았는지 원망스러울 정도다."

설무백은 웃으며 물었다.

"왜 외면했는데?"

방양이 자조적인 미소를 흘리며 대답했다.

"사실은 몸이 따라 주지 않았지. 기본적으로 무력 따위는 돈으로 얼마든지 해결할 수 있는 문제라고 생각하기도 했고. 그 시간에 산학진경(算學眞經)이나 한 번 더 읽는 게 백번 낫다고."

"그래서 후회되냐?"

"후회는 무슨, 그냥 그렇다는 거지. 그러니까 너는 무인이고, 나는 장사꾼인 거 아니겠냐."

그럴듯하다는 고개를 끄덕인 설무백은 문득 목청을 가다듬고 꽤 낭랑한 목소리로 시를 읊었다.

십년마일검(十年磨一劍).
상인미증시(霜刃未曾試).
금일파사군(今日把似君).
수유불평사(誰有不平事).

십 년 간 칼을 갈았으나,

서리 같은 칼날은 아직 시험해 보지 못했다.

오늘 이 칼을 그대에게 주노니,

감히 누가 있어 공평치 못한 일을 하겠는가.

방양이 감탄했다.

"당대(唐代)의 가도(賈島)가 쓴 시인 검객(劍客)의 구절이구나. 참으로 멋지다."

설무백은 방양의 어깨를 잡으며 미소를 지었다.

"네게 해 주는 말이다. 앞으로는 무슨 일이 벌어져도 절대 쫄지 말라고."

"쳇! 멋을 부리긴!"

방양이 짐짓 볼썽사납다는 듯이 혀를 차고는 다시 말했다.

"아무튼, 불같은 성질인데, 용케도 잘 참아냈네. 아마도 사유(邪儒)조공도(組孔道)가 말렸을 거다. 예리한 자니까 무언가 수상쩍은 낌새를 챘겠지."

"뒤에 있던 중늙은이가 그자구나. 하북팽가의 가신이라는?"

"그래, 그자. 요주의 인물 중의 하나지."

설무백은 묵묵히 고개를 끄덕였다.

전생의 기억을 통한 것이라 내색은 할 수 없지만, 그는 사유 조공도를 알고 있었다.

본적은 없지만 들어는 봤다.

하북팽가는 무림 팔대 세가의 하나라는 전통의 명가답게 자식들을 매우 철저하게 다뤘다.

인성과는 무관하게 보호라는 측면에서는 그랬다.

자식이 태어나면 그 즉시 가신들 중 뛰어난 자를 선별해서 보호자로 붙여 주고 평생을 곁에서 보필하게 하는데, 사유 조공도가 바로 차남인 팽이효의 그런 수족인 것이다.

"자, 자, 어서 들어가자. 깨어나실지 모르겠다만 그래도 얼굴은 봬야지."

방양이 재촉했다.

몇 개의 담을 지나고 또 몇 개의 정원을 가로질렀는지 모르지만, 그들은 오색의 수목으로 뒤덮인 정원을 겹겹이 두르고 그윽하게 자리한 전각에 도착했다.

북경상계의 거목인 북경대부 방소, 방 장자의 거처였다.

"오셨습니까, 공자."

전각의 문 앞을 지키는 무사들이 인사를 하며 문을 열어 주었다.

방양이 안으로 들어서며 넌지시 당부했다.

"놀라는 모습 보이기 없기다?"

설무백은 무슨 의미인지 알아듣고는 가만히 고개를 끄덕이며 방소의 뒤를 따라갔다.

전각의 현관을 지나자 복도가 나오고, 그 복도를 좌로 한 번 우로 한 번 돌아가자, 두 명의 다시 무사가 지키는 문이 나왔다.

무사들이 눈인사를 하며 묵묵히 문을 열어 주었다.

설무백은 묵묵히 방양을 따라서 그 문을 열고 들어갔다.

공야무륵 등도 이미 모든 상황을 전해 들은 터라 조용히 그들의 뒤를 따랐다.

대청이 나오고, 그 다음이 내실이었다.

전각의 밖에서 이미 느낀 것이지만 전각의 내부는 진한 탕약 냄새로 가득했는데, 내실은 그보다 더 지독했다.

그런 내실의 창가에 놓인 침상에 파리한 안색과 피골이 상접한 모습의 방 장자가 누워 있었다.

"저 왔습니다, 아버님."

방양이 밝은 모습으로 인사했다.

설무백은 의지와 무관하게 밝은 모습을 보일 수 없었다.

아니, 처음에는 제대로 알아보지도 못했다.

방 장자의 몰골은 그처럼 참담했다.

시체라고 해도 믿을 정도였다.

그러나 시체는 아니었고, 다행히 잠들지 않고 깨어 있었다.

방양의 목소리를 들은 방 장자가 힘겹게 눈을 뜨더니 희미하게 웃는 모습으로 방양의 손을 잡고 그를 손짓해 불러서 그의 손도 잡았다.

그리고 거칠게 메마른 입술을 어렵사리 떼어 내며 말을 더듬었다.

"가, 가족을 지켜라. 나, 나는 그것으로 족하다."

방 장자는 그 말만을 겨우 남긴 채 다시 잠들어 버렸다.

언제 깨어날지 모르는 죽음과도 같은 긴 숙면이었다.

천하천의
주인

인생하처불상봉人生何處不相逢 (2)

"마파산(痲破散)이라는 약이 있습니다. 저 먼 남만에서도 극소량만 생산되는 약인데, 그쪽 의원들이 큰 수술을 앞두고 환자를 잠재우거나 고통을 줄여 주는 데 쓰는 일종의 마약이지요. 중원에는 아는 사람도 별로 없고, 구하기도 쉽지 않지만, 아니, 거의 구할 수 없지만, 약효는 직방이라 매우 소량만으로도 오랜 시간을 잠재울 수 있지요. 물론 과하게 쓰면 영원히 잠에서 깨어나지 못하게 할 수도 있고 말입니다."

　이 말을 하는 사람은 갑자기 모습을 드러낸 사도 목진경이었다.

　설무백이 적당한 곳에 배치하라고 제갈명에게 보낸 그를 제갈명은 다시 설무백에게 보냈다.

즉, 목진경은 혈영과 같은 설무백의 암중 호위가 되어서 북평까지 따라왔던 것이다.

혈영과 목진경의 존재를 모르고 있던 방양은 귀신처럼 홀연히 모습을 드러낸 그를 보고 기겁했으나, 이내 예리하게 사태를 이해한 듯 눈을 동그랗게 뜨며 말을 더듬었다.

"지, 지금 아버님의 병환이 누군가의 음모라는 거요?"

목진경이 대답은 않고 설무백을 보았다.

설무백은 한차례 고개를 끄덕여서 그의 대답을 허락했다.

목진경이 그제야 대답했다.

"마파산의 중독 증상은 세 가지요. 첫째, 전신의 감각이 사라진 것처럼 고통을 느끼지 못한다. 둘째, 식욕이 떨어지며 신진대사가 원활하지 못해서 말라 간다. 셋째, 잠든 시간이 서서히 길어지며 끝내 깨어나지 못하고 죽는다."

설명을 끝낸 그가 방양을 보며 물었다.

"이 중 방 장자 어른이 보이는 증상과 다른 게 있소?"

방양이 대답을 못하고 전신을 부들부들 떨었다.

경악과 분노가 전신을 지배해서 어쩔 줄 몰라 하는 모습이었다.

설무백은 가만히 그의 어깨를 잡으며 목진경을 향해 물었다.

"사실 병이라는 게 다 그렇지. 입맛이 떨어져서 못 먹고 쇠락해지니, 기력이 달리고 잠도 많아지고 등등. 그럼에도 그렇게 단정하는 이유가 뭐지?"

목진경이 대답했다.

"살수들이 증거를 남기지 않고 감쪽같이 상대를 제거하고 싶을 때 종종 쓰는 방법 중 하나입니다."

설무백은 이 대답으로 충분했으나, 목진경은 아직 부족하다고 생각했는지 설명을 덧붙였다.

"탕약의 냄새가 매우 고약하더군요. 대충 어떤 약을 쓰는지 짐작이 가는데, 그런 고약한 냄새를 풍기는 약제는 거의 대부분 피부가 썩는 창질의 경우에나 복용하지, 일반적인 병에는 사용하지 않습니다. 병약한 사람에게는 그런 강한 성분의 약들이 오히려 독이 되니까요."

설무백은 예리하게 알아들으며 물었다.

"마파산만의 독특한 냄새가 있다는 건가?"

"예."

목진경이 인정하며 부연했다.

"마파산은 약간 비리고 알싸한 냄새가 납니다. 지독하진 않지만 느끼는 사람이 적지 않지요. 굳이 고약한 냄새가 나는 탕약을 쓰는 이유가 그것을 감추기 위한 것이 아닌가 합니다."

설무백은 가만히 고개를 끄덕이는 것으로 수긍하며 방양에게 시선을 주었다.

"방 숙부의 탕약을 달이는 의원이 누구냐?"

아무리 대부호라도 의원이 많지는 않을 것이다.

하나건 둘이건 그 의원들만 족치면 어렵지 않게 범인을 색출할 수 있을 터였다.

그런데 목진경이 고개를 저으며 나섰다.

"우리 계통에서조차 드물게 쓰는 약입니다. 중원의 의원들 중에 몇이 알지 모릅니다."

"의원들이 모를 수도 있다?"

"그럴 수도 있습니다."

"그럼 뭐 하러 고약한 냄새까지 풍기는 짓을 한다는 거야?"

"치밀한 놈이니까 그렇겠죠. 아는 자가 있을 거라고 장담할 수 없지만, 없다고도 장담할 수 없는 일이니까요."

"아깝군."

설무백이 쓰게 입맛을 다시자, 방양이 곤혹스러운 표정으로 고개를 저었다.

"그와 상관없이 어려운 일이다. 탕약을 달이는 건 의원들이지만, 누이들이 나서서 약을 구하고 관리하니까. 설마 누이들이 아버님을…… 말이 안 되는 일이야."

설무백은 냉정하게 말했다.

"설마가 사람 잡지. 내 귀에는 의심할 사람이 많다는 말로밖에 안 들린다. 열 길 물속은 알아도 한 길 사람 속은 모른다는 말이 괜히 있는 것이 아니야."

방양이 문득 정신을 차리며 목진경을 보았다.

"해독! 해독은 할 수 있는 것이오?"

목진경이 대답했다.

"마파산은 독이 아니라 약이오. 다른 지병이 없다면 끊고 관리하는 것만으로도 얼마든지 건강을 되찾으실 수 있소."

설무백은 손뼉을 쳐서 주위를 환기시키며 말했다.

"답이 나왔군. 우선 의원들부터 처리하자."

황금으로 산을 쌓을 수도 있다는 소문의 가문답게 방 장자를 치료하고 관리하는 의원은 일곱 명이나 되었고, 그들 모두가 순천부에서 내로라하는 명성을 가진 의원들이었다.

방양은 그날 즉시 새로운 명의를 구했다는 이유로 그들 모두를 집으로 돌려보냈다.

목진경의 말마따나 제아무리 은밀하게 투약했어도 그들 모두가 마파산의 실체를 몰랐을 거라는 장담은 할 수 없었으나, 그는 그것을 묻지도 따지지도 않았다.

굳이 숲을 건드려서 뱀을 놀라게 할 필요는 없다는 것이 그의 생각이었다.

그다음에 그가 처리한 것은 방 장자를 설무백 등이 머물 자신의 거처로 옮기는 일이었다.

그건 설무백의 제안이었다.

방 장자의 안전을 위해서였다.

방 장자를 죽이려고 암계를 쓴 자가 누구든지 간에 계획이 틀어진 것을 알게 된다면 더욱 극단적인 선택을 할 수도 있었다.

방양은 그 모든 것을 귀가한 직후 한 시진도 되지 않아서 일사천리로 처리했는데, 이는 다른 사람들의 방해를 받지 않으려는 의도였다.

당연하게도 그는 누이들의 반대를 예견하고 있었던 것이다. 그리고 과연 그랬다.

방양이 모든 일을 마무리하고 채 반 시진도 되지 않아서 수많은 사람들이 씩씩대며 그의 거처로 몰려들었다.

열일곱 명의 누이들 중 열세 명의 누이들과 여덟 명의 매부들 중 여섯 명의 매부들, 그들이 각기 개인적으로 거느린 무사들, 그리고 부총수 연소동(硏所動)과 오대산인, 사자두 채인 등, 북경상련을 움직이는 요인들이 바로 그들이었다.

대청이 북새통을 이루었다.

다들 저마다 투덜거리고 씩씩거리느라 복작거리는 새벽시장터가 따로 없었다.

소란을 듣고 설무백 등과 함께 방 장자를 모신 방을 나와서 대청으로 들어선 방양은 마뜩찮은 표정으로 그들을 둘러보며 말했다.

"사정을 설명드릴 테니, 우선 무사들부터 내보내세요. 번잡스럽게 이게 뭡니까? 설마 지금 제게 무력이라도 쓰겠다는 겁니까, 뭡니까?"

분위기가 어수선해서일까?

아니, 어쩌면 다들 굳이 그의 말을 들을 필요가 없다고 생각하는 것인지도 몰랐다.

선뜻 행동에 나서는 사람이 하나도 없었다.

그러던 중에 사내 하나가 나서며 퉁명스럽게 대꾸했다.

"공자께서는 신경 쓰지 않으셔도 됩니다. 우리는……."

방양이 준엄하게 호통을 쳤다.

"공자가 아니라 후계자다! 후계자라 다시 불러라!"

소란스럽던 대청이 서서히 조용해졌다.

방양이 후계자임을 자신의 입으로 드러낸 것은 이번이 처음이었다.

멈칫한 사내가 이내 비틀린 미소를 입가에 걸며 다시 말했다.

"예예, 그러죠, 후계자님. 그러니까 제 말은 후계자님은 우리를 전혀 신경 쓰지 않아도 된다는 겁니다. 우리는 그저 모시는 주군만을 조용히 호위할 뿐이니까요."

방양이 분노한 기색으로 호흡을 가다듬으며 말했다.

"이럴 땐 어떻게 해야 할까?"

사내에게 하는 말이 아니라 뒤에 물러나 서 있는 설무백에게 건네는 말이었다.

설무백은 대답 대신 앞으로 나섰다.

"이 집안 아주 개판이네. 야, 너!"

그는 장내의 모든 사람들이 다 들을 수 있을 정도의 목소리로 투덜거리며 앞서 비아냥거리듯 말대꾸하던 사내를 손가락으로 꼭 집어서 가리켰다.

"여기 무슨 위험한 일이 있을 거라고 건방지게 호위 운운하며 후계자의 말을 무시하는 거냐? 총수께서 직접 지명한 후계자가 네 눈에는 후계자로 안 보인다는 거냐?"

사내가 주눅이 들기는커녕 분노한 기색으로 설무백을 노려보았다.

갑자기 어디서 듣도 보도 못한 어린놈이 나서서 면박을 주니 그럴 만도 했다.

"뭘 잘 모르는 모양인데, 위험은 어디에나 있는 거요. 우리는 충실히 우리의 책무를 다할 뿐인 것이고."

설무백은 조소를 날리며 물었다.

"충실히 다한다는 그 책무라는 거, 제대로 할 자신은 있고?"

사내가 조롱이라고 생각했는지 발끈한 기색으로 대답했다.

"당연한 말 다 묻는구려."

설무백은 짐짓 거만하게 턱을 틀고 사내를 아래로 내려 보며 물었다.

"내 눈에는 전혀 그렇게 안 보이니, 어디 한번 증명해 보일 수 있나?"

사내가 냉소를 날렸다.

"얼마든지!"

설무백이 지시를 내리기도 전에 어느새 곁으로 다가온 공야무륵이 고개를 기울이며 물었다.

"죽일까요?"

"죽여!"

설무백의 허락과 동시에 공야무륵의 신형이 빛살처럼 빠르게 사내를 향해 쏘아졌다.

그와 사내의 사이에 존재하던 육여 장의 거리가 한순간에 좁혀졌다.

"헉!"

사내가 기겁하며 칼을 뽑았으나, 공야무륵의 도끼가 그 순간 그의 목을 쳤다.

픽—!

둔탁한 소음과 함께 사내의 목이 여지없이 잘라져 나갔다.

사내가 통나무처럼 쓰러져 가는 가운데, 잘려진 머리가 떨어지고 붉은 핏물이 분수처럼 뿜어 나왔다.

장내가 찬물을 끼얹은 것처럼 고요해졌다.

공야무륵이 그와 상관없이 도끼를 허공에 흩뿌려 피를 털어 내고 허리에 다시 꽂으며 무슨 일이 있었냐는 듯 무덤덤하게 터벅터벅 설무백의 곁으로 돌아왔다.

설무백은 죽어서 피를 쏟아 내는 사내를 바라보며 장내의 모두에게 보란 듯이, 들으란 듯이 끌끌 혀를 찼다.

"역시 말만 앞서지 실력은 없었네."

대청의 모두가 그의 말을 들었다.

죽은 사내 곁에 서 있던 중년 사내 하나가 그제야 정신을 차리며 발작적으로 소리쳤다.

"이놈! 감히 이게 무슨 짓이냐!"

설무백은 손가락으로 자신과 방양을 번갈아 가리키며 물었다.

"나? 아니면 후계자? 감히 이 많은 사람들 앞에서 후계자에게 대놓고 욕설이라니, 정말 대범하기 짝이 없는 당신은 대체 누구지?"

중년 사내가 미처 거기까지는 생각하지 못한 듯 당황한 기색으로 어물어물거렸다.

그저 분노해서 소리친 것인데, 감히 총수가 직접 지명한 후계자에게 욕설을 뱉은 모양새가 되어 버린 것이다.

설무백은 그 모습을 심드렁하게 바라보다가 이내 방양을 향해 물었다.

"과거 어찌어찌 해서 북경상련의 예하로 들어온 은검장(銀劍莊)의 장손 비천은검(飛天銀劍) 단필방(單畢方), 네 첫째 매부지?"

방양이 묵묵히 고개를 끄덕이는 것으로 인정했다.

설무백은 시선을 다시 상대 비천은검 단필방에게 고정하며 말했다.

"이봐요, 단 형. 그 친구의 죽음은 내가 아니라 당신 탓이야. 당신이 방조하지 않았다면 그 친구가 겁 없이 이런 자리에서 왜 나섰겠나? 내가 그런 눈치도 없는 바보로 보이나?"

단필방이 붉으락푸르락하는 얼굴로 싸늘하게 설무백을 노려보다가 정작 방양에게 따지고 들었다.

"이봐, 처남! 대체 저자가 누구인데 내가 저자에게 이따위 수모를 당해야 하는가?"

방양이 망설이지 않고 대답했다.

"아버님께서는 늘 제게 말씀하셨지요. 믿을 만한 사람이 있으면 언제든지 데려다가 곁에 두라고요. 이 친구가 제게 그런 사람입니다. 그래서 데려왔고, 제가 가진 전권을 일임했습니다."

장내가 소란스럽게 웅성거렸다.

설무백은 손뼉을 쳐서 장내를 환기시키며 짐짓 정중한 말투로 바꾸어서 말했다.

"그런 의미에서 다시 한마디 하자면, 조금 전 후계자가 지시한 대로 대동한 무사들은 다 내보내 주길 바라겠소. 이건 부탁이 아니라 후계자의 명령이오."

장내가 다시금 웅성거렸으나, 그의 지시는 이행되었다.

모두가 대동한 무사들을 밖으로 내보낸 것이다.

물론 마음에서 우러나는 진심으로 따르는 것 같아 보이지는 않았다.

누구는 앞서 공야무륵이 드러낸 무력에 눌려서 마지못해

따른다는 식이었고, 또 누구는 호기심이 동해서 어디 한번 따라 준다는 식이었으며, 또 다른 누구는 여전히 가소롭다는 듯 비웃음을 머금은 채 어디 한번 두고 보자는 식의 태도를 보이고 있었다.

설무백은 그러거나 말거나 무시하고 조용히 기다리고 있다가 무사들이 다 나가고 자리가 정리되기 무섭게 방양에게 자리를 내주었다.

앞으로 나선 방양이 거두절미하고 말했다.

"다들 제가 왜 난데없이 의원들을 돌려보내고, 아버님을 저의 거처로 옮겼는지 몰라서 달려오셨죠? 말씀드리죠. 아버님은 지병으로 아프신 게 아니라 누군가가 살포한 독에, 정확히는 마파산이라는 약에 중독되신 겁니다. 그리고 그 범인은 지금 이 자리에 있는 누군가입니다."

그는 핏줄이 곤두선 눈, 살기를 드러낸 눈빛으로 장내를 훑어보며 선전포고했다.

"누군지는 몰라도 이제 그자는 마땅히 두려워해야 할 겁니다. 내가 지금 이 순간부터 그자를 잡기 위해 목숨을 걸고 전력을 다할 테니까요!"

방양의 입에서 마파산이라는 이름이 나왔을 때, 눈매가 날카로운 여인 하나가 옆에 서 있는 사내를 쳐다보다가 사내의 눈치에 재빨리 고개를 바로 했다.

방양이 이 자리에 있는 누군가 범인이라는 말과 그 범인을 잡기 위해서 목숨을 걸겠다는 결연한 의지를 밝혔을 때는 몇 몇 여인들과 사내들의 눈빛이 불안하게 혹은 기민하게 돌아갔다.

설무백은 장내에서 벌어지는 그 모든 반응을 하나도 놓치지 않고 정확히 파악했으나, 조금도 내색하지 않고 냉정하게 무심한 표정으로 추의를 관망했다.

본격적인 대화는 아직 시작되지도 않았다.

반발이건 수긍이건 이대로 방양의 말을 듣고 그냥 넘어갈 사람들이 아니었으니까.

아니나 다를까, 대번에 말꼬리를 잡고 나서는 사람이 있었다.

"그래, 후계자. 만일 사실이 그렇다면 이건 후계자가 아니라 마땅히 집법당(執法堂)이 나서야 할 일이다. 이 자리에 있는 모두가 의심스럽다면 후계자 또한 그 의심에서 자유롭지 못한 거니까 말이야. 안 그렇습니까, 연 부총수님?"

단필방의 부인, 바로 방양의 첫째 누이인 방세아(防細雅)였다.

동의를 구하는 그녀의 말에 부총수 연소동이 난감한 표정을 지으며 입을 열었다.

"이치를 따지면 그렇기는 하지만……."

방양이 말을 자르고 나섰다.

"이치를 따지려면 제대로 따져 주십시오, 연 숙부님. 이미 후계자로 지명된 제가……."

그는 지그시 입술을 깨물며 다시 말했다.

"입에 담기도 싫지만, 아버님을 해할 이유가 어디에 있겠습니까."

방세아가 코웃음을 쳤다.

"그거야 모르는 일이지요. 아버님의 생각이 바뀌었을 수도 있으니까요."

연소동을 향해 말하고 있지만, 방양에게 들으라는 소리였다.

방양은 서글픈 미소를 드러내며 말했다.

"세아 누님. 아버님은 돌아가시지 않습니다. 조만간 깨어나셔서 건강을 되찾으실 테니, 그건 세아 누님이 아버님께 직접 물어보시면 되겠네요."

방세아가 말문이 막힌 표정일 때, 누군가 한마디 툭 던졌다.

"영영 깨어나지 않고 돌아가실 수도 있지."

후미에 앉아 있던 백포 사내였다.

방양의 넷째 누이인 방세진(防細珍)의 남편이며, 북련의 맹주로 추대되었다가 암살당해서 작금의 남북대전의 불씨가 된 북천권사 언소보의 직계인 진주언가의 셋째 청풍권(淸風拳) 언자수(彥子秀)였다.

"장인어른이 누군가의 음모로 마파산에 당했다고 주장하는 사람은 처남, 아니, 후계자일세. 그게 사실이든 아니든 간에 그렇다 치고, 장인어른이 조만간 깨어나신다고 해도 이제 그걸 제일 먼저 알 수 있는 사람은 바로 후계자이지 않은가."

언자수가 동의를 구하듯 자신에게 쏠리는 좌중의 시선을 둘러보며 강변했다.

"그러니 깨어나실 분을 깨어나지 못하게 하기 위해서 장인어른을 후계자의 거처로 옮겼을지도 모른다고 의심을 해도 절대 부당하지는 않을 게야!"

방양이 뭐라고 대꾸하기도 전에 다른 누군가가 끼어들며 언성을 높였다.

"말이 너무 심하시오, 형님!"

무골호인처럼 수더분하게 생긴 삼십 대 후반의 사내, 방양의 일곱째 누이인 방로아(防露阿)의 남편이자, 화기제조의 명가로, 일명 산서뇌화가(山西雷火家)라 불리는 산서벽력당(山西霹靂黨)의 종손인 염마수(炎魔手) 도염무(導嘩武)였다.

"여태 후계자가 장인어른을 얼마나 극진히 모셨는지 잘 알면서 어찌 그런 모독적인 언사를 할 수 있소. 게다가 장인어른이 마파산에 당하신 게 사실이라면 지금 당장이라도 확인이 가능한 일이오. 형님이라면 그런 바보 같은 짓을 하실 거요?"

빗대어 하는 말이긴 했으나, 바보라는 말까지 들었음에도 불구하고 언자수는 화를 내지 않았다.

화를 내기가 어려웠으리라.

비록 상대적으로 나이도 어리고 서열도 낮은 축에 속하나

개인적으로는 지금 대청에 집결한 사람들 중에서 수위를 다투는 무공의 소유한 고수이며, 구대 문파를 제외하면 하북팽가와 진주언가, 산동의 황보세가(皇甫世家)와 더불어 강북사패(江北四覇)로 일컫는 배경을 가진 도염무를 대놓고 무시할 수 있는 사람은 적어도 북경상련 내에는 거의 없었다.

그러나 아무래도 그대로 물러날 수는 없는지 인정한다는 듯 고개를 끄덕이면서도 다시 입을 열려는 언자수를 보고는 방양이 먼저 나섰다.

"아닙니다. 그렇게 생각할 수도 있지요. 그럼 이렇게 하지요."

방양은 부드러운 미소와 어울리지 않게 날카로운 눈빛으로 좌중을 둘러보며 부연했다.

"어느 분이라도 좋습니다. 아버님을 책임지고 안전하게 모실 수 있는 분은 있다면 지금 말씀해 주십시오. 하면, 제가 별도의 호위를 붙이는 선에서 기꺼이 양보하겠습니다. 어찌 보면 범인을 색출하는 데 주력할 수 있어서 그게 오히려 좋을 수 있다는 생각이 드네요."

선뜻 나서는 사람이 없었다.

누구도 예상하기 어려운 의외의 제안이기도 했지만, '책임지고 안전하게'라는 말에 담긴 부담감이 너무나도 엄청나서 쉽게 '그러마' 하고 나설 수 있는 사람이 없는 것이다.

갑자기 그렇듯 어색한 침묵이 이어지자, 내내 머뭇거리는 기색이던 부총수 연소동이 나섰다.

"따지고 보면 그렇게 하는 것도 우습지 않겠나. 그것 자체가 후계자를 불신하는 것이 되니 말일세. 하니, 이렇게 하세."

그가 방양을 보고 다시 좌중을 둘러보며 말을 이었다.

"총수께서 누군가의 음모로 저리 되신 게 사실이라면 이건 전적으로 후계자에게만 맡겨 둘 수 없는 충차대한의 일일세. 다만 이번 사태는 후계자가 선도했으니만큼 후계자를 막을 생각은 없지만, 집법당이 나서야 한다는 것도 또한 부인할 수 없는 사실이네."

그의 시선이 옆으로 돌아가서 측면 구석에 쭈그리고 앉아 있던 바싹 마른 노인에게 고정되었다.

집법당의 당주인 생사관(生死觀) 맹연보(孟蓮寶)였다.

맹연보의 시선이 방양에게 돌려졌다.

"집법의 권위는 총수에게서 나오는 것이 우리 북경상련의 규범이긴 하나, 지금 같은 비상시라면 부총수와 후계자의 허락만으로도 충분히 가능하긴 합니다."

후계자인 방양의 동의를 구하는 것이다.

연소동이 같은 의미의 시선을 방양에게 주었다.

좌중의 모든 시선이 일시에 방양에게 고정되었다.

수긍하든가 혹은 이제 어쩔 테냐 등의 도발적인 눈치가 한 대 뒤섞인 눈초리들이었다.

방양이 망설이지 않고 고개를 끄덕였다.

"기꺼이 승낙하겠습니다. 많은 사람이 나설수록 범인을 보다 더 빨리 색출할 수 있을 테니까요."

생사관 맹연보가 자리를 털고 일어나서 방양과 연소동을 향해 공수했다.

"그럼 두 분의 명을 받들어 지금 이 시간부로 집법의 권한을 행사하는 바, 두 분의 허락은 받았으나, 두 분 또한 집법의 권위에 예외가 없음을 미리 알려 드립니다."

누구도 의도치 않게 시작되었다고 생각하나, 사실은 설무백의 의도에 의해서 시작된 북경상련의 회의는 그렇게 집법당의 당주 생사관 맹연보의 선언을 마지막으로 자리를 끝냈다.

"휴……!"

방양은 모두가 돌아가기 무섭게 가슴을 쓸어내리며 안도했다. 감당할 수 없는 폭거가 일어날 수도 있다고 생각했는데, 의외로 조용히 넘어갔던 것이다.

설무백은 그런 그를 다독이며 몇 가지 주의를 주고 그날 저녁에 예정대로 암중 호위의 혈영과 사도, 그리고 화사만을 대동한 채 은밀히 방 장자의 저택을 빠져나왔다.

—※—

왕부정대가를 빠져나온 설무백은 오밀조밀한 골목을 능숙하게 거슬러서 새로운 대로로 나섰다.

각양각색의 화려한 등불이 불야성을 이루는 저잣거리였다.

내내 무언가 이상하다는 듯 그의 눈치를 보며 고개를 갸웃 거리던 화사가 더는 못 참고 의문을 토로했다.

"어라? 여긴 황궁으로 가는 길이 아니잖아요?"

당연한 의문이었다.

설무백이 방양의 부탁을 수락하고 순천부에 온 이유의 이 면에는 급작스럽게 준동하기 시작한 연왕의 동향을 살피려는 목적이 포함되어 있었고, 그의 일행은 물론, 방양도 그와 같 은 내용을 익히 잘 알고 있었다.

오늘 저녁 그들이 남몰래 밖으로 나선 것은 바로 그에 준해 서 사전에 황궁의 동정을 살피려는 것이었다.

적어도 화사는 그렇게 알고 있었다.

설무백이 방양에게 그렇게 말했기 때문이다.

그런데 왕부대정가를 벗어난 설무백이 갑자기 황궁과 거리 가 먼 저잣거리로 나선 것이다.

설무백은 답변 대신 불쑥 물었다.

"아까 다들 돌아가고 나서 방양이 한 말 기억나?"

화사가 난데없이 그런 질문은 왜 하냐는 듯 인상을 찌푸리 면서 대답은 했다.

"올 사람은 다 왔다. 아래 네 명의 누이는 그나마 눈치를 보 느라 빠진 것 같고, 둘째 누이와 매부가 나서지 않은 것은 낮 에 주군이 먹인 충격으로 이래저래 잔머리를 굴리라 바빠서일 거다. 이랬죠?"

정확했다.

모두가 돌아가기 무섭게 의자에 털썩 주저앉아서 심호흡을 한 방양은 진땀을 닦으며 그렇게 말했었다.

애써 내색은 삼갔을 뿐 무척이나 긴장했던지 겨드랑이며 등줄기가 축축하게 젖은 모습으로.

설무백은 가만히 고개를 끄덕이며 물었다.

"어떻게 생각해, 그 말?"

"뭐가요?"

"이상하지 않나?"

화사가 질문을 이해하지 못한 듯 고개를 갸웃거렸다.

"딱히 뭐가 이상하다는 생각은 전혀……?"

설무백은 짐짓 눈총을 주었다.

"넌 여자로서 빵점이구나. 누가 너를 데려갈지 참으로 한심하다."

화사가 발끈했다.

"여기서 왜 그런 얘기가 나와요? 그리고 제가 어디가 어때서요? 얼굴 되지, 몸매 되지, 성격은…… 뭐 좀 그렇지만, 이래 봬도 비림에서 나 좋다고 따라다니던 애들이 얼마나 많은 줄 아세요? 한 줄로 세우면 못해도 마을 어귀까지는 늘어진다고요."

"그러면 뭐 하나? 마음이 썩었는데?"

"주군이라고 막말하시네! 내 마음이 왜 썩어요?"

"언제 죽을지도 모르는 남편에게 무슨 일이 생겨도 나 몰라라 신경도 안 쓸 테니까 마음이 썩은 거지."

"아니, 내가 무슨 그런……?"

반사적으로 반발하던 화사가 문득 입을 다물며 눈을 끔뻑이다가 이내 탄성을 질렀다.

"아, 대모!"

대모는 북경상련에서 방 장자의 정실인 매(梅)씨, 매정방(梅貞方)을 부르는 호칭이었다.

매사에 공정하고 침착하며 자애롭다고 알려진 그녀는 방양의 첫째 누이인 방세아, 둘째 누이인 방세령(防細鈴), 셋째 누이인 방세민(防細玟), 넷째 누이인 방세진의 어머니였다.

화사는 이제야 마땅히 다른 누구보다도 그 자리에 나타났어야 할 매정방의 부재를 깨달은 것이다.

그러던 그녀가 이내 다시 고개를 갸웃거리며 물었다.

"하지만 그녀만이 아니라 다른 부인들도 나타나지 않았잖아요?"

방 장자는 정실을 제외하고도 여섯 명의 부인이 더 있었다. 그는 일곱 명의 부인에게서 열일곱의 여식을 얻었다.

화사의 말마따나 대모를 비롯한 그녀들 모두가 모습을 드러내지 않았던 것인데, 설무백은 그 이유를 간단하게 해석해 보았다.

"대장이 나서지 않는 자리에 졸개들이 나설 수는 없는 거 잖아."

화사가 고개를 끄덕이며 수긍하다가 이내 현실을 직시하며 물었다.

"그러니까 지금 주군께서 저잣거리로 나선 이유가 그 속에 어떤 내막이 있는 건지 알아보려는 거다 이건데, 왜 그런 문제를 그 방가에게, 아니, 나도 후계자라고 해야 하나? 아무튼, 귀찮게 왜 밖에서 알아보죠? 대체 무슨 사연인지 그 사람이 가장 잘 알고 있을 텐데요?"

"이건 그 친구에게 들을 얘기가 아니야."

"왜요?"

"등잔 밑이 어둡다는 말도 모르냐? 그런 문제는 당사자보다 밖에서 보는 시각이 더 정확한 거다."

사실은 그게 다가 아니었다.

그는 여차하면 최악의 방법까지 고려하고 있고, 그 방법은 절대 방양에게 알릴 수 없었다.

"무슨 말인지는 알겠지만, 그래 봤자 이런 저잣거리에서 얻을 수 있는 게 귀동냥으로 들은 소문밖에 더 있겠어요?"

"걱정 마. 제법 정확한 귀동냥을 하는 자를 알고 있으니까."

설무백은 화사의 걱정을 한마디로 자르고 발길을 서둘러서 사람이 북적거리는 저잣거리의 중심을 차지한 기루로 들어갔다.

북경 사람이라면 모르는 사람이 없는 북경 제일의 기루인 만향각(萬香閣)이었다.

그리고 난데없이 기루냐는 눈빛을 던지는 화사의 입에서 다른 말이 나오기 전에 그는 빠르게 기루를 가로질러서 후원의 구석진 문밖으로 나섰다.

이상한 눈치로 그를 바라보던 화사의 표정이 이번에는 볼썽사납게 일그러졌다.

설무백이 후원 문 앞에 거적을 깔고 앉아서 이빨 빠진 그릇을 두 손으로 받쳐 든 꾸뻑꾸뻑 졸고 있는 늙은 거지 앞에 쪼그리고 앉았기 때문이다.

화사가 어이없다는 표정으로 그의 옷깃을 잡았다.

"저기, 주군?"

설무백은 역시나 그녀의 입에서 다른 말이 나오기 전에 서둘러 은자 하나를 꺼내서 졸고 있는 늙은 거지의 이빨 빠진 그릇에 넣으며 물었다.

"황(黃) 거지, 알고 싶은 게 하나 있는데, 요즘 북경상련의 대모께서는 잘 계시오?"

인생하처불상봉人生何處不相逢 (3)

"백 배!"

이빨 빠진 그릇에 떨어지는 은자 소리에 반색하며 눈을 뜬 늙은 거지가 이내 설무백의 질문을 듣고 나서 외친 소리였다.

그는 설무백을 외면하며 거듭 외쳤다.

"그 이하로는 동전 하나도 절대 못 깎아 준다!"

설무백은 눈살을 찌푸렸다.

"시개(時丐)출신이라고 들었는데, 규가개(叫街丐)출신인 거요? 연화락(蓮花樂)도 안 부르고 은자 한 냥이면 됐지, 초저녁부터 무슨 배대강(背大强)짓을 하려고 그려쇼?"

그는 입으로는 투덜거리면서도 그는 은자 몇 개를 더 꺼내서 늙은 거지의 이빨 빠진 그릇에 넣었다.

"이 정도로 만족하쇼. 안 그러면 문개(文丐)가 무개(武丐)짓을 한다고 북개방 총단에 확 불어 버릴 테니까."

그랬다.

늙은 거지, 황 거지는 북개방의 걸개였다.

다만 개방에 소속된 걸개라고 해도 다 같은 걸개가 아니다.

개방의 걸개는 크게 세 부류로 나뉘는데, 소위 그들 말로 문행(文行)이라고 하는 구걸을 하며 사는 향개(響丐), 시개(詩丐) 등의 문개와 무행(武行)이라고 하는 일종의 강도짓인 배대강(背大强)짓을 하며 사는 규가개(叫街丐), 정두개(釘頭丐) 등의 무개, 그리고 그들, 문개와 무개가 벌어 주는 돈으로 먹고살며 전통의 무공을 익혀서 개방의 명성과 권위를 지키는 사개(師丐)가 바로 그들이었다.

그런 면에서 볼 때, 지금 설무백이 찾아온 황 거지는 개방에서, 즉 북개방에서 매우 특출하면서도 독특한 인물이었다.

어린 나이에 문개 출신의 말석인 소화자(少化子)로 출발한 그는 사십이라는 이른 나이에 북개방의 하북분타주(河北分舵主)의 자리에까지 올라선 인물이었기 때문이다.

게다가 이 사람은 여기서 끝나지 않는다.

설무백이 가진 전생의 기억에 따르면 나중에는 개방방주 다음의 지위인 대장로의 지위에까지 올라서는 입지전적의 인물이 바로 지금 그의 눈앞에 쪼그리고 앉은 황 거지였다.

"쩨쩨한 자식! 거지 똥구멍에서 콩나물도 빼먹을 자식! 내가 이래 봬도 인마 진즉에 사개로 올라선 몸이시다, 인마!"

황 거지가 공야무륵이 있었다면 대번에 '죽일까요?'라며 나섰을 욕을 하면서도 혹시나 다시 빼앗아 갈까 봐 두려운 듯 이빨 빠진 그릇을 재빨리 품에 안으며 물었다.

"대체 대모에 대해서 뭘 알고 싶은 건데?"

설무백은 냉담한 듯 무심하게 대답했다.

"아는 대로 다요. 단, 식구들이 아는 대모 말고, 밖의 사람들이 아는 대모에 대해서 알고 싶소."

황 거지가 누런 이를 드러내며 웃었다.

"염치도 없는 썩을 놈은 아니었군. 은자 몇 냥으로 뽕을 뽑으려 드나 했더니만, 그건 아니었네. 그 정도야 기꺼이 대답해 줄 수 있지. 크크……!"

기분이 좋아진 건지 모르게 음충맞은 기소를 흘린 그가 헛기침을 하고는 말했다.

"북경상련의 식구들이 아는 대모는 완벽하지. 매사에 이성을 잃는 경우가 없이 공정하고 침착하며 자애로우니까. 그래서 우리네 밖의 사람들은 대모를 매우 두려워하지. 어지간한 바보가 아니라면 그처럼 완벽한 사람이 세상에 존재한다는 걸 믿지 않거든."

설무백은 눈을 빛내며 물었다.

"너무 추상적인 말이라 현실감이 전혀 없구려. 분명 그럴 만한 사연이 있지 않소?"

황 거지가 이빨 빠진 그릇에 담긴 은자를 품에 갈무리하고 빈 그릇을 바닥에 내려놓으며 정중한 듯 냉정하게 손바닥을 내밀었다.

"고작 은자 몇 냥으로 내가 해 줄 수 있는 말은 그게 다야. 이제야 실토하자면 은자를 더 준다고 해도 그 이상은 아는 바가 없기도 하고. 그러니 괜히 영업 방해하지 말고 이제 그만 가 봐."

화사가 눈을 부라리며 주먹을 쥐고 앞으로 나섰다.

그대로 두면 상대가 개방의 타주건 뭐건 당장에 한 대 갈길 기세였다.

설무백은 슬쩍 그녀의 옷깃을 당겨서 막았다.

사실 못내 아쉬운 마음에 말꼬리를 잡고 다시 묻기는 했으나, 대답을 기대하지는 않았다.

황 거지의 대답이 비록 추상적이긴 해도 상황에 따라서 유추할 수 있는 것이 적지 않았다.

그에 따른 나머지를 밝히는 것은 그의 몫인 것이다.

"알았소. 대신 다른 거 하나만 더 물읍시다."

설무백은 자리를 털고 일어나기 전에 황 거지가 내려놓은 이빨 빠진 그릇에 새삼 은자 하나를 넣으며 물었다.

"개미굴의 주인…… 여전히 구지사(九指蛇) 손부기(孫副騏)맞소?"

"여전히……?"

황 거지가 고개를 갸웃거렸다.

살짝 표정이 바뀐 그가 예리하게 바뀐 눈초리로 그를 바라보았다.

"묘하네? 변방에서 살다가 겨우 중원 구석에 자리 잡은 촌뜨기가 하오문(下汚門)의 개미굴은 어찌 알고, 거기 주인이 손부기인 것은 또 어찌 아누?"

과연 소문 그대로 보통 인물은 아니었다.

그의 내력을 알고 있다는 거야 이미 짐작한 바였지만, 얼떨결에 나온 사소한 말실수 하나도 놓치지 않는 모습에 무백도 순간 당황할 수밖에 없었다.

"어쩌다보니……."

설무백은 대수롭지 않게 말을 얼버무리며 돌아섰다.

"아무튼, 그렇다는 거네. 잘 알겠소."

서둘러 자리를 떠나는 그의 뒤에서 황 거지가 말했다.

"변변치 않은 내가 어떻게 여태 목숨을 부지하고 사는 줄 아나?"

"왜요?"

설무백이 돌아보며 묻자, 황 거지가 낄낄거리며 웃었다.

"내가 하도 떠벌리고 다녀서 다들 내 정체를 알기 때문이지. 감히 건드리질 못하는 거야. 나를 모르면 여기 순천부 사람이 아니라고 보면 된다. 물론 그런 아닌 녀석들 중에서도 나를 아는 녀석들이 부지기수고. 흐흐흐……!"

설무백은 묵묵히 고개를 끄덕였다.

이건 황 거지의 배려였다.

순천부 사람 모두가 황 거지의 정체를 알고 있다면, 초저녁부터 황 거지를 찾아와서 적지 않은 시간 동안 대화를 나눈 그를 알게 모르게 주시하는 사람들도 적지 않을 거라는 것으로 즉, 그가 이 시간에 거리를 배회하고 있다는 사실이 북경상련의 귀에 들어가는 것은 시간문제라는 뜻이었다.

못내 사람들의 이목을 의식해서 나름 자연스럽게 보이려고 여자인 화사를 대동하고 나온 잔머리가 수포로 돌아갔다.

"복 받으실 거외다."

설무백은 어쩔 수 없이 쓰게 입맛을 다시면서도 포권의 예를 잊지 않고 황 거지와 헤어졌다.

못내 사람들의 이목을 의식해서 나름 펼친 작전이 수포로 돌아갔으나, 사실 크게 염려할 일은 아니었다.

누군가 조급한 마음에 사고를 친다고 해도 공야무륵과 사문지현이 지키는 방 장자나 방양을 해칠 수는 없을 테니까.

'하물며 누군가 방 숙부를 죽이려 했다는 사실을 공표한 마당인데 섣불리 움직이지는 못하겠지.'

설무백은 마음을 추스르며 다시 북경 제일의 기루인 만향각을 가로질러서 불야성을 이루는 저잣거리로 나섰다.

그리고 그 저잣거리의 구석에서부터 이어진 골목으로, 이른바 도시의 행정구역을 구분할 때 가장 낮은 단위인 호동(胡

同)으로 들어섰다.

과거의 기억이, 아니, 전생의 기억이 새록새록 되살아났다.

낡고 허름한 집들, 두 사람이 어깨를 나란히 하면 지나갈수 없을 정도로 좁은 골목의 바닥은 그때처럼 지금도 군데군데 패여서 언제 내렸는지 모를 빗물이 쾌쾌한 냄새를 풍기며 썩어 가고 있었다.

그런 주변의 환경에 눈살을 찌푸리던 화사가 미묘한 눈치로 그를 쳐다보며 물었다.

"대체 주군이 이런 곳을 어떻게 아는 거죠? 하오문의 개미굴이야 어찌어찌 얘기를 들어 봤다고 쳐도, 여긴 주군이 한 번도 와 본 적이 없는 곳이잖아요?"

설무백은 대충 에둘러 그녀의 질문을 받아넘겼다.

"세상을 살다보면 종종 이해할 수 없는 일들이 생기고는 하지. 이것도 그런 일들 중의 하나라고 생각하고 그냥 넘겨."

화사가 오만상을 찡그리며 쩝쩝 입맛을 다셨다.

"하긴, 이제 고작 약관도 안 된 주군이 매사에 그렇게 인생다 산 노인네 같은 말을 하는 것부터가 이해 불가이긴 했죠. 내가 이상해진 건지는 몰라도, 전엔 그저 그러려니 했는데, 이젠 신기(神氣)가 있다는 주군의 말도 서서히 믿기 시작했다니까요글쎄?"

그녀는 바싹 달라붙으며 재차 물었다.

"저 바보 아닌 거 맞죠?"

설무백은 대답을 회피하며 발걸음을 서둘렀다.

화사가 더욱 바싹 곁으로 달라붙으며 지분거렸다.

"아니, 그보다 이제 다른 건 다 그러려니 하겠는데, 딱 하나 정말 궁금한 게 있어요."

"뭐가?"

"주군은 왜 여자하고 안 자는 거죠? 주변에 여자가 없는 것도 아니고, 물론 나를 비롯해서 말이에요. 주군의 나이 또래면 색마까지는 아니더라도 그에 버금갈 정도로 성욕이 왕성할 시기 아닌가요? 고자로 보이진 않고, 설마 남색(男色)?"

설무백은 대꾸할 가치가 없어서 무시했다.

화사가 집요하게 달라붙었다.

"아니면 설마 숫총각? 아끼고 아꼈다가 내 여자에게만 주겠다, 뭐 이런 순정파?"

설무백은 더 이상 참지 못하고 눈총을 주었다.

"자꾸 쓸데없는 말할래?"

하지만 화사는 추호도 주눅 들지 않는 모습으로 대꾸했다.

"저야 걱정돼서 그러죠. 그러면 강호에서 제대로 못 살아요. 강호에 허벌라게 벌리는 화냥년들이 얼마나 많은데요. 알아야 면장을 한다고 자칫 그런 애들에게 걸렸다가 폐인 돼서 인생 종쳐요. 순전히, 정말 순수하게 그런 의미에서 하는 말인데…… 험!"

천외천의
주인

헛기침을 한 그녀가 신중한 표정으로 말을 덧붙였다.

"원하신다면 내가 도와줄 수도 있어요. 아니, 도와드릴게요. 제가 또 방중술에 일가견이 있거든요. 괜히 대책 없는 갈보에게 당하기 전에 제가…… 악!"

설무백은 정말 악 소리 나게 그녀의 이마에 딱밤을 먹이고는 냉담하게 말했다.

"다 왔으니, 이제 좀 조용히 하자, 응?"

화사가 정말 아픈 듯 찔끔 눈물을 흘리면서도 재빨리 주변을 돌아보았다.

골목이 사라지며 나타난 공터였다.

정확히는 골목의 한쪽 벽이 사라지면서 만들어진 공간이었다.

드문드문 나무 울타리가 쳐져 있고, 안쪽으로는 초막들이 포도송이처럼 다닥다닥 붙어 있으니 일종의 마당인 셈이었다.

거기 마당에서는 몇몇 험상궂은 세 사내가 지켜보는 가운데 이백여 명의 어린아이들이 삼삼오오 짝을 지어 바닥에 주저앉은 채 광주리에 혹은 깨진 쪽박에 담긴 지저분한 음식을 나눠 먹고 있었다.

"여기가 개미굴……?"

장내를 둘러보는 화사의 얼굴이 절로 심각하게 찡그러졌다.

누구라도 그녀의 반응과 같았을 터였다.

거지꼴보다 더 거지꼴인 아이들은 누구 하나 성한 몰골로 보이지 않았다.

거의 대부분이 피부병을 그대로 방치해서 손이며 얼굴에 검붉게 딱지가 내려앉아 있었고, 그나마 그런 아이들의 절반가량은 손이나 발, 또는 눈이 하나 없는 불구인지라 불쌍함보다는 참혹함이 먼저 느껴졌다.

그러나 설무백은 그녀와 달리 무덤덤했다.

너무나도 익숙한 풍경인지라 감회가 새로운 이면에 너무나도 분노해서 오히려 차분해진 상태였다.

아이들 중에 아는 얼굴들이 적지 않게 섞여 있다는 사실이 그를 더욱 그렇게 만들었다.

그때 한쪽에 서서 아이들을 지켜보고 있던 세 사내가 인상을 쓰며 건들건들 그들에게 다가왔다.

"뭐야, 너희들⋯⋯?"

설무백은 상관하지 않고 아이들을 둘러보며 중얼거렸다.

"어째 거리에서 애들이 안 보인다 했더니, 역시나 식사 시간이었군."

그들 앞으로 나선 세 사내 중 하나가 위협적으로 두 눈을 부라렸다.

"이것들이 죽고 싶나, 너희들 뭐냐고?"

설무백은 사내의 위협을 무시하며 식사를 멈춘 채 경계하는 눈치로 바라보는 아이들을 향해 애써 웃는 낯으로 말했다.

"애들아. 이제부터 약간 소란이 있을 거다. 하지만 너희들에게는 아무 일도 없을 테니까, 두려워하지 말고 그냥 여기 가만히 있으면 된다. 알았지?"

아이들은 그저 눈치만 볼 뿐, 대답하지 않았다.

대답할 기회도 없었다.

설무백을 막아선 사내가 대신 알았다는 듯 고개를 끄덕이며 칼을 뽑아들었기 때문이다.

"아, 그냥 죽고 싶다 이거지?"

말과 동시에 사내가 달려들며 칼을 휘둘렀다.

설무백은 눈으로 그리고 손으로 사내가 휘두르는 칼을 좇아서 잡아챘다. 그리고 그 칼을 그대로 휘둘러서 사내의 목을 베어 버렸다.

칼날을 잡고 칼자루 쪽을 휘두르는 괴이한 칼질이었으나, 칼은 충분히 길었고, 그의 동작은 너무도 빨라서 사내는 피하지 못했다.

서걱-!

섬뜩한 소음이 터지며 사내의 머리가 공중으로 떴다.

눈 깜짝할 사이에 벌어진 그 사태에 놀란 뒤쪽의 두 사내가 뒤로 나자빠지며 엉덩방아를 찧었다.

설무백은 그들을 차갑게 일별하며 화사를 향해 뜬금없이 물었다.

"여기 아이들이 왜 불구가 많은 줄 알아?"

"왜죠?"

"그게 구걸하는 데 좋으니까."

왜 이러나 싶은 표정으로 설무백을 바라보던 화사의 표정이 얼음처럼 싸늘하게 식었다.

"알아들었어요. 여기 개미굴에서 아이들을 빼면 여기서 살아남아도 좋을 인간은 하나도 없다는 거네요."

말보다 빨리 그녀의 한 손이 펼쳐졌다.

그녀의 손을 떠난 두 줄기 섬광이 놀라서 엉덩방아를 찧으며 나자빠졌다가 허겁지겁 일어나던 두 사내의 미간에 가서 박혔다.

보통의 비도와 달리 작고 손잡이가 없는 칼날, 표창이었다.

두 사내는 비명도 지르지 못한 채 그대로 나자빠졌다.

그제야 소란을 느낀 듯 안쪽에서 수십 명의 사내들이 밖으로 나서고 있었다.

화사가 그들을 바라보며 싸늘하게 웃었다.

"깔끔하게 처리할 테니, 맡겨 주세요!"

냉소를 날리며 좌우로 펼치는 그녀의 두 손에는 예리하게 빛나는 열 개의 표창이 마디마다 꽂혀 있었다.

장내가 아수라장으로 변하는 것은 그야말로 순식간의 일이었다.

하오문은 이름 그대로 다섯 가지 부류가 모인 방파가 아니라 도둑, 소매치기, 도박꾼, 마부, 점소이, 기녀, 창녀 등 다양한 직종의 하류 인생들의 연합체이다.

따라서 역사가 오래되긴 했으나, 당연하게도 전수되는 무공이나 비전도 거의 없고, 그나마 조금 있는 것도 매우 조악한 수준이었으며, 그마저 그것을 계승 발전시키는 사람이 없어서 구성원들의 능력은 몇몇 사람을 제외하고는 대부분이 밑바닥을 기는 삼류 파락호에 불과했다.

그뿐 아니라 워낙 다양한 부류의 사람들이 모이다보니 좀처럼 구심점이 되는 인물이 나기 어려웠고, 난다고 해도 오래가는 경우가 드물었다.

구성원들이 서로 부딪칠 일이 많다보니 이런저런 이해관계에 얽히고 곪아 터져서 암살을 당하는 경우가 비일비재하게 일어났기 때문이다.

이는 비록 동료일지라도 다른 사람의 이득이 자신의 이득과 관계되는 경우보다는 그 반대로 작용하는 경우가 많아서 벌어지는 일이었는데, 그 이면에는 기본적으로 그들이 시정잡배의 모임인지라 문파의 기본적인 역할인 자기 식구를 보호한다는 개념이 흐려서 충성심 따위를 찾아볼 수 없었기 때문에 일어나는 현상이었다.

또한 그래서 그들, 하오문은 더 없이 다양한 직종을 가진 구성원과 천하대방이라는 개방 다음 가는 엄청난 인원을 보유했음에도 불구하고 제대로 된 조직 체계는커녕 번듯한 본거지 하나 없이 강호 무림에서는 문파 취급도 받지 못하고 있었다.

역사는 있지만 전통은 없고, 사람은 모였지만 그 사람들을 이끌 구심점이 없어서 하루가 멀다 하고 이전투구(泥田鬪狗)가 벌어지는 단체가 바로 하오문인 것이다.

그런 면에서 볼 때, 하오문의 예하인 개미굴은 그와 같은 일련의 범주를 가장 극명하게 대변하는 곳이었다.

본디 하오문은 구성원이 다양하고 많다는 특성상 서로 간의 유대와 그들의 삶터인 밑바닥에서 나오는 각종 정보들로 먹고사는 조직이다.

사람들은 누구나 다 언제 어디서나 먹고, 마시고, 즐기는 법이라, 가장 가까운 곳에서 그런 사람들을 대하는 하오문의 구성원들이 서로 정보를 공유해서 이득을 창출하는 것이다.

밥을 먹은 사람에게 술을 권하거나, 술을 마시는 사람에게 기녀를 또는 창녀를 주선한다는 식이다.

더러는 예기치 않게 그 와중에 얻는 정보를 원하는 사람에게 팔아서 이득을 취하기도 하고 말이다.

오죽하면 과거 한때는 하오문이 개방과 맘먹은 정보력을 가졌다는 말까지 강호에 돌았겠는가.

그러나 개미굴은 그런 하오문의 정체성에서 완전히 벗어난 타락을 극명하게 보여 주고 있었다.

개미굴은 하오문에 속한 구성원들의 아이들과 그들 속에서 생겨난 사생아들을 관리하고 보호한다는 명목으로 일종의 보호소로 만들어졌으나, 실제는 그런 아이들을, 더 나아가서는 하오문과 아무런 관계도 없는 아이들까지 포섭하거나 납치해서 구걸을 시키고, 행인들의 품을 털게 만드는 소굴이었다.

그것도 강제로!

경우에 따라서는 구걸에 용의하다는 이유로 나약한 아이들의 손이나 발을 자르고, 눈을 뽑아서 불구로 만드는 천인공노할 짓을 저지르면서까지!

그러므로 개미굴에서 아이들을 통제하는 자들은 하나같이 사기와 강도질은 물론, 살인도 서슴지 않는 광곤(光棍), 날호(喇唬)이거나 인간 망종의 파락호들이었다.

그래서였다.

설무백은 적어도 그들은 죽어도 싼 자들이라고 생각했고, 그래서 그렇게 했다.

화사의 잔인한 손 속을 막지 않았고, 그 또한 자신의 손 속에 일말의 사정도 두지 않았다.

그것은 참혹할 정도로 일방적인 도살이었으나, 그는 한 오라기의 죄의식도 느끼지 못했다.

그리고 그건 그가 다시금 역사를 거스르는 행위였으나, 그것도 전혀 상관하지 않았다.

　이자들은 십 년 후에 당할 일을 미리 겪고 있을 뿐이었다.

　전생의 그는 흑사신의 모습으로 여기 개미굴을 찾아와서 이미 한 번 이자들을 전멸시켰던 적이 있었다.

　전생의 그날처럼 피가 튀고 살점이 난무하는 아비귀환의 시간이 얼마나 지났을까?

　설무백은 이리저리 비틀린 수십 개의 초가를 연결해서 정말 개미굴처럼 만들어 놓은 통로를 걸어, 서너 개 초가의 벽을 허물어서 대청처럼 넓게 만든 공간으로 들어섰다.

　그의 주변에는 죽거나 혹은 죽어 가는 사내들이 널브러져 있었고, 그의 전면에는 꼽추 노인 하나와 반질반질한 대머리인 중늙은이 하나를 앞세운 채 뒤로 빠져서 전신을 바들바들 떨며 경악과 불신에 찬 눈초리로 그를 바라보는 염소수염의 사내 하나가 있었다.

　낯설지 않은 광경이었다.

　꼽추 노인은 산동의 노산 인근에서 제법 악명을 떨치다가 개미굴로 들어와서 무사들을 관리하던 노산삼호(勞山三虎)의 첫째인 대호(大虎) 추면산(推勉山)이고, 그 옆의 대머리 중늙은이는 개미굴의 아이들을 관리하던 혈조(血爪) 오방(吳尨), 오 노인이며, 그들의 뒤에서 쥐새끼처럼 바들바들 떨고 있는 염소수염은 개미굴의 우두머리인 구지사 손보기였다.

　역사는 정말 돌고 도는 것인지, 전생의 그는 지금과 같은

천외천의
주인

상황과 마주한 경험이 있었다.

"대, 대체 다, 당신들은 누구요? 도, 도대체 우리에게 무슨 억하심정이 있어서 이, 이러는 거요?"

손보기가 말을 더듬고 있었다.

궁색하게 수하들 뒤에 숨어 있으면서도 명색이 우두머리랍시고 먼저 말은 하는데, 너무 떨리는 목소리라 제대로 알아듣기조차 힘들었다.

사실 알아들을 필요도 없었다.

설무백은 손보기의 질문과 상관없이 묵묵히 그들을 훑어보다가 문득 싸늘한 미소를 떠올렸다.

전생의 그가 지금과 같은 상황에서 벌였던 유희가 떠오른 것이었다.

그는 입가의 미소를 한결 짙게 드리우며 말했다.

"자, 지금부터 내가 너희들에게 살 수 있는 기회를 주겠다. 내가 한 사람에 하나씩 질문을 할 텐데, 만일 망설이지 않고 솔직한 대답을 한다면 살려 주도록 하지. 시작은 너부터!"

그는 전혀 자발적인 것으로 보이지는 않지만 가장 앞에 나서 있는 추면산에게 시선을 주며 물었다.

"네가 여차하면 애들을 피 떡이 되도록 두들겨 패는 이유는?"

추면산이 크게 당황하며 머뭇거리다가 안색이 변하는 그의 얼굴을 보고는 서둘러 입을 열었다.

설무백의 신형이 마치 촛불이 깜빡인 것처럼 순간적으로 그 자리에서 사라졌다가 다시 나타났다.

때를 같이해서.

"컥!"

추면산이 갑자기 헛바람을 삼키며 그대로 털썩 무릎을 꿇었다.

설무백이 고도의 신법으로 한순간에 다가서서 추면산의 명치에 손바닥을 댔다가 본래의 자리로 돌아온 것인데, 사람들의 눈에는 그 모습이 보이지 않았던 것이다.

그다음에 펼쳐진 광경은 참혹했다.

무릎을 꿇은 추면산이 칠공에서 피를 뿜어냈다.

마치 그의 몸이 핏물을 담아 놓은 주머니였다가 터진 것처럼 끝없이 피를 쏟아 내서 바닥을 흥건하게 적셨다.

극도로 강화된 설무백의 내가중수법(內家重手法)이 그의 내장을 안에서부터 산산조각 내 버린 결과였다.

"그러게 경고했잖아. 망설이지 말라고."

설무백은 미안하지만 어쩔 수 없었다는 듯 변명처럼 중얼거리고는 이내 시선을 오 노인, 바로 혈조 오방에게 돌렸다.

"다음 차례. 네가 애들의 눈을 상하게 할 때 양잿물을 넣는 거야 다른 방법으로 상하게 하는 것보다 그게 더 흉하고 처량하게 보여서 구걸하기 쉽기 때문이라고 치고, 애들의 팔다리를 부러트릴 때마다 다른 도구를 사용하지 않고 직접 손을 쓰는 이유는 왜지?"

오방이 내밀한 비밀을 들킨 사람처럼 흠칫하며 눈을 크게 뜨면서도 재빨리 대답했다.

"그, 그것 역시 그게 더 흉하고 처량하게 만들기 쉬워서요."

설무백은 싸늘하게 웃으며 고개를 저었다.

"아니야."

말과 동시에 앞서 추면산의 경우와 같은 상황이 벌어졌다.

순간적으로 그의 신형이 가물거리며 흐려졌다가 다시 진해지자, 헛바람을 삼킨 오방이 무릎을 꿇고는 칠공에서 피를 뿜어내기 시작했다.

설무백은 참혹하다 못해 처절하게 변해 가는 그의 모습을 냉정하게 바라보며 끌끌 혀를 찼다.

"이 와중에도 솔직하지 못하네. 네가 힘없는 아이들의 팔목을 비트는 이유는 그게 아니라 그저 즐겁기 때문이야. 그냥 유희인 거지."

이내 고개를 돌린 그의 시선이 마지막 남은 한 사람, 개미굴의 우두머리인 구지사 손보기에게 고정되었다.

손보기가 그의 시선만으로도 기겁하며 뒷걸음질 치다가 이내 등이 벽에 닿자 바닥에 넙죽 엎드리며 두 손 모아 빌었다.

"사, 사, 살려 주십시오! 워, 원하는 게 있으시면 다 말씀하십시오! 그, 그게 뭐든지 시, 시키는 대로 다 하겠습니다!"

설무백은 절로 한숨이 나왔다.

고작 이따위 인간 때문에 한때나마 시간을 소비해 버렸다고 생각하니, 분노에 앞서 자괴감마저 들었다.

그는 씁쓸하게 말했다.

"죽일 가치도 없는 인간이네."

손보기가 반색하며 연신 머리를 바닥에 찧었다.

"예, 예. 그렇습니다! 저 같은 인간이 무슨 대수라고 귀하신 대협의 손을 더럽히겠습니까! 그저 살려만 주신다면……!"

"하지만…….."

설무백은 순간적으로 다가서며 손을 내밀어서 바닥에 머리를 찧기를 반복하다가 한순간 쳐든 손보기의 목을 움켜잡았다.

"컥!"

손보기가 발버둥 쳤으나 그의 손을 빠져나갈 수는 없었다.

설무백은 손을 높이 쳐들었다.

손보기가 그의 손에 매달린 채 허공으로 떠올랐다.

설무백은 대번에 시커멓게 죽어 가는 손보기의 얼굴을 직시하며 냉정하게 말했다.

"너로 인해 가치 있는 인간들이 다치게 되는 건 그대로 두지 못하겠다."

"사, 살려……!"

손보기가 미친 듯이 바동거리며 사정했다.

설무백은 싸늘하게 말을 잘랐다.

"그건 추잡한 네가 어린아이들을 강간할 때 많이 듣던 말이지. 그래서 너는 그만두었냐?"

순간적으로 그의 손에 힘이 들어갔다.

으득-!

섬뜩한 소음이 울렸다.

설무백의 손이, 정확히는 손가락이 손보기의 목을 파고들며 뼈를 으스러트리는 소리였다.

손보기는 그렇게 목이 으스러지며 혀를 길게 빼문 상태로 죽어서 축 늘어졌다.

설무백은 잠시 그대로 서서 죽은 손보기를 바라보며 그 자신 스스로도 이해하기 어려운 감회에 사로잡혔다.

"주군……."

화사가 조심스럽게 그의 정신을 일깨웠다.

설무백은 상념에서 벗어나서 수중의 손보기를 멀리 내던지고 손을 털며 물었다.

"아이들은?"

사전에 그의 명령으로 나서지 않고 있던 암중의 혈영이 대답했다.

"마당에…… 사도가 지키고 있습니다."

설무백은 묵묵히 고개를 끄덕이며 돌아서서 밖으로 나왔다.

예의 마당에는 식사를 하던 이백여 명의 아이들이 두려운 기색으로 한 대 뭉쳐 있었다.

설무백은 그런 아이들의 앞으로 나서서 말했다.

"너희들은 이제 자유다. 누구도 너희들을 구속하지 않을 거고, 괴롭히지도 않을 거다. 그러니 이제 여기서 겪었던 일들은 다 잊고 살아라."

두려운 기색으로 뭉쳐 있는 아이들 무리에서 제법 키가 크고 체격이 있는 사내아이 하나가 일어나서 말했다.

"이상한 말씀을 하시네요. 우리가 여기를 떠나면 어디 가서 살지요? 누가 우리 같은 애들을 받아 준다는 거죠?"

설무백은 잠시 사내아이를 유심히 살펴보았다.

상처투성이인 얼굴의 눈동자는 불안하게 흔들리고, 이마와 콧잔등에는 땀방울이 송골송골 맺혀 있었으며, 부들부들 떨리는 몸도 주체하지 못하고 있었다.

이를 악물고 차분함을 가장하려 하지만 어린 마음과 육체가 절로 일어난 두려움을 전혀 받쳐 주질 못하는 것이다.

그처럼 잔뜩 겁을 먹고 있으면서도 대체 왜 이처럼 당돌하게 대드는 것일까?

설무백은 이내 그 이유를 깨달았다.

장내의 모든 아이들이 무언가 믿고 기대하는 눈빛으로 사내아이를 바라보고 있었다.

전생의 그가 머물던 개미굴도 그랬다.

아이들 중에는 알게 모르게 아이들이 의지하는 아이가 있었다.

깡이 있고 악도 있어서 죽도록 두들겨 맞을 것을 뻔히 알면서도 종종 아이들을 관리하는 사내들에게 대드는 그런 아이.

바로 그가 그랬다.

설무백은 절로 미소를 지으며 물었다.

"그래서 여기를 떠나지 않겠다는 거냐?"

사내아이가 대답했다.

"떠나지 않는 게 아니라, 떠나지 못하는 거예요. 적어도 여기 있으면 굶어 죽을 일은 없으니까요."

당차게 대답한 사내아이는 스스로 조금 부족하다고 생각했는지 서둘러 덧붙였다.

"아저씨가 책임지지 못할 일을 했다고 탓하는 것도 아니고, 책임지라는 소리도 아니에요. 그냥 그렇다는 겁니다. 그러니 볼일 다 보셨으면 이제 그만 그냥 가시라고요."

설무백은 이게 사내아이의 진심이라고 느껴졌지만 그냥 갈 수는 없었다.

그는 말했다.

"보다시피 여기 개미굴을 관리하던 자들은 내가 다 죽였다. 이제 더는 너희들을 관리할 자들은 없고, 그에 앞서 이제 곧 포쾌들이 들이닥칠 거다. 관에서 너희들을 어떻게 처리할지도 모르는데, 그래도 그냥 여기 남아 있을 테냐?"

사내아이가 웃었다.

대화를 나누다보니 어느 정도 겁이 사라졌는지 한결 태연
해진 모습이었다.

"그건 걱정 마세요. 포쾌들이 와도 우리들을 데려가진 않
을 테니까요. 그동안 그자들이 처먹은 돈이 얼만데요. 우리를
데려가 봤자 그게 까발려질 일밖에 없을 텐데, 절대 데려가지
않죠. 밥값이 아깝다고 생각할 걸요 아마?"

사내아이가 아이답지 않게 씁쓸한 미소를 지으며 웃고는 다
시 말했다.

"그리고 여기도 곧 다른 자들이 와서 예전으로 돌아갈 거예
요. 여기 개미굴에 있던 자들이 하오문에 속해 있다는 것 정
도는 저도 압니다."

설무백은 말문이 막혔다.

사내아이의 말은 어디 하나 틀린 구석이 없었다.

얘기를 듣고 보니 틀림없이 그렇게 되리라는 것을 그도 익
히 예상할 수 있었다.

그는 잠시 고민하다가 마음을 정하며 물었다.

"너 지금 몇 살이지?"

"열셋요."

"이름은?"

"정기룡(定騎龍)이요."

설무백은 사내아이의 이름이 왠지 모르게 낯설지 않게 들
렸으나, 지금은 그게 중요하지 않았다.

"좋아, 정기룡. 그럼 이렇게 하는 게 어떠냐? 네가 죽은 자들을 대신해서 여기 개미굴을 관리해 볼래?"

사내아이, 정기룡이 화들짝 놀라서 눈을 크게 떴다.

"제, 제가요? 제가 어떻게……?"

"좋아. 그럴 마음은 있다는 소리네?"

설무백은 기꺼운 표정으로 말을 자르고는 대뜸 마당이 끝자락, 골목과 이어진 초가의 그늘로 시선을 돌리며 말했다.

"저기 하오문의 문주가 누구고, 지금 어디에 사는지 알죠?"

잠시 아무런 기척이 없었으나, 이윽고 초가의 그늘로 깊어진 어둠 속에서 검은 그림자 하나가 떨어져 나왔다.

그림자의 정체는 바로 부스스한 몰골의 황 거지였다.

북개방의 하북분타주인 황 거지로서는 설무백의 뒤를 밟지 않을 수 없었다.

순천부를 넘어 하북의 모든 정보를 통괄하는 그의 입장도 입장이지만, 그에 앞서 설무백이 다른 어느 곳도 아닌 개미굴을 언급했기에 그랬다.

하오문의 예하인 개미굴은 이미 오래전부터 그가 예의 주시하고 있던 곳이었다.

자파의 아이들을 관리한다는 명목 아래 하루가 멀다 하고 잔인하게 아이들을 핍박하는 개미굴의 무리를 그는 도저히 용납할 수가 없었다.

그래서 이미 총단에 개미굴의 무리를 처리하겠다는 서한까지 보내 놓고 이제나저제나 답신이 오기만을 기다리는 중이었는데, 난주의 흑도를 평정했다고 알려진 설무백이 불시에 나타나서 개미굴을 언급하니 관심을 가지지 않을 수 없었던 것이다.

그랬다.

황 거지가 가용 가능한 정보를 통해서 알고 있는 설무백의 정체는 난주를 평정한 흑도의 두목이었다.

자세한 내막은 모르겠으나, 북개방의 총단에서는 설무백에 대한 정보를 하북분타주씩이나 되는 요인에까지 지극히 제한적으로 풀고 있었던 것인데…….

'이 정도나 되는 자였다니!'

황가지가 아는 바에 따르면 구지사 손보기와 혈조 오방, 그리고 노산삼호 등 몇몇만이 겨우 삼류를 벗어난 수준이고, 나머지 개미굴의 사내들은 거의 대부분이 삼류이거나 삼류도 못 되는 수준의 파락호들이었다.

그러나 그 인원이 무려 백오십 명을 웃돌았다.

막말로 쪽수에는 장사가 없다고 고작 두 명이 해치울 수 있는 인원이 전혀 아니었는데, 실제로 그런 일이 벌어졌다.

그것도 겨우 반 시진, 아니, 한 식경도 안 되는 시간 동안에 벌어진 일이었다.

고작 두 명이서 한 식경도 안 되는 사이에 물려 백오십 명이 넘는 장정들을 처치해 버렸다.

아니, 도살했다.

'사신(死神)이로고!'

황 거지는 그런 설무백의 무력보다는 그와 같은 숫자에 기인한 압력에 눌려서 몸을 떨고 있었다.

개미굴의 무리가 죽어 마땅한 자들이라고는 생각하나, 그 엄청난 숫자의 사람을 죽이고도 눈 하나 깜짝하지 않는 설무백의 잔인무도함에 절로 몸서리가 쳐진 것이었다.

그런데 그 순간, 설무백이 황 거지에게 질문을 던진 것이다.

황 거지는 잠시 망설였으나, 선택의 여지가 없었다.

정확히 누구인지는 알 수 없으나 누군가가 자신의 뒤에 있음을 알아차렸기 때문이다.

사도의 기척이었다.

"험!"

애써 헛기침으로 침착을 가장한 그는 사뭇 매서운 눈초리로 설무백을 직시하며 물었다.

"그자는 왜? 그자도 책임을 물어서 죽일 작정이냐?"

설무백은 대수롭지 않게 대꾸했다.

"죽어도 싼 놈이면 죽일 거요. 보았다시피 그런 놈에게 베풀 자비는 내 손에 없소. 하나, 아니라면 기회를 줄 거요. 난 이유 없이 살생을 자행하는 살인마가 아니오."

황 거지가 물었다.

"어떻게 기회를 준다는 거지?"

설무백은 냉담하게 말을 잘랐다.

"제가 그것까지 알려 줄 필요는 없다고 생각하오만?"

황 거지의 표정이 살짝 굳어졌다.

거절당한 불쾌함으로 화를 내는 것이 아니었다.

고민스러운 것이었다.

그는 새삼스러운 눈초리로 설무백을 살펴보았다.

정확한 나이는 몰라도 적잖게 어린 태는 나지만, 당당한 체격에 영준한 얼굴이었다.

눈가를 가로지른 상처가 거슬릴 법한데, 전혀 그렇게 느껴지지 않는 것은 그 상처로 인해 이제 갓 무림에 출두한 신출내기가 아니라 노회한 강호의 분위기를 풍겼기 때문일 것이다.

그러나 그게 다였다.

도무지 속을 들여다볼 수가 없었다.

호수처럼 깊고 잔잔하게 가라앉은 설무백의 두 눈을 바라보고 있자니 오히려 그 자신의 속내가 드러날 것 같은 두려움만 들었다.

'희대의 살인마냐, 아니면 역사를 움직일 패웅(覇雄)인가?'

황 거지는 불쑥 그런 의문이 들었다.

더 이상은 자신의 잣대로 설무백을 판단할 수 없다는 결론인 셈이었다.

어쩔 수 없이 마음을 비운 그는 탄식하듯 말했다.

"하오문의 문주는 묘안초도(猫眼草刀) 석자문(石紫文)이라는 자고, 지금은 하북성의 성도인 석가장(石家莊)에 있다. 석가장에서 손꼽히는 주루인 만경루(萬景樓)에서 노백상(老白賞) 노릇을 하고 있지. 이미 알겠지만, 하오문의 문주라는 자리가 그리 본색을 가리고 숨어 지내지 않으면 매우 위험한 자리 아니겠나."

"고맙소."

설무백은 기꺼이 공수하며 못내 두려운 기색으로 눈치를 보고 있던 정기룡을 불렀다.

석가장이라면 서둘러서 일을 처리해도 하루는 걸릴 테지만, 이미 마음먹은 일이니만큼 끝을 맺고 싶었다.

"내가 아까 말했지? 너에게 그럴 수 있는 기회를 줄 테니까 같이 가자."

정기룡이 머뭇거리며 물었다.

"시간이 얼마나 걸리죠?"

설무백은 솔직하게 대답해 주었다.

"넉넉잡고 하루 반나절이면 될 거다. 그 이상의 시간이 걸릴 수도 있으나, 그건 어디가지나 최악의 상황이고."

정기룡이 잠시 생각하던 눈치더니 이내 고개를 끄덕였다.

"알겠어요. 같이 가겠어요."

그러고는 아이들을 돌아보며 말했다.

"다녀올게. 내가 돌아오기 전까지 애들은 아진(阿晉)과 아소(阿小)너희 둘이 돌봐주고 있어."

그와 비슷한 또래의 사내아이 하나와 여자아이 하나가 일어나서 고개를 끄덕였다.

설무백은 소름이 돋았다.

정기룡이 호명한 아진과 아소의 얼굴이 낯익었다.

전생의 기억을 더듬어 보니, 그가 아는 얼굴이었다.

전생의 그가 개미굴에 있을 때 시시때때로 그에게 시비를 걸던 아이들…….

그러다가 번뜩 기억났다.

'정기룡!'

그는 절로 고개를 돌려서 곁에 서 있는 정기룡을 바라보았다.

그 아이였다. 그로 인해 죽은 아이가 바로 정기룡이었다.

그때 그의 시선을 마주한 정기룡이 인상을 쓰며 말했다.

"뭐 해요? 이제 다 됐으니 그만 가죠?"

설무백은 희미하게 웃으며 고개를 끄덕였다.

이것이 새로운 운명일지 모른다.

아니, 새로운 운명이다.

그는 묵묵히 정기룡을 데리고 돌아섰다.

황 거지가 뒤에서 말했다.

"혹시 몰라서 얘기해 주자면, 석자문은 겁이 좀 많고 우유부단한 성격이라서 그렇지……."

"됐소. 그건 내가 판단할 문제니까 신경 쓰지 마시오. 대신……."

설무백은 대수롭지 않게 황 거지의 말을 자르며 불안에 떨고 있는 아이들을 가리켰다.

"여유가 되면 아이들이나 좀 돌봐주시오. 애들에게 무슨 탈이라도 생기면……."

그는 슬쩍 고개를 돌려서 황 거지를 보며 특유의 미온한 미소를 지어 보였다.

"각오는 해야 할 거요."

황 거지는 침음을 흘렸다.

말의 의미도 의미지만, 밋밋한 미소와 서늘하게 가라앉은 설무백의 눈빛이 절로 그의 오금을 저리게 만들고 있었다.

그는 뒤늦게 대답했다.

"그러도록 하지."

설무백은 그대로 순천부를 벗어나서 석가장을 향해 빠르게 내달렸다.

어둠에 잠긴 검푸른 대지가 섬전처럼 빠르게 그의 발아래를 스쳐 지나서 뒤로 사라지고 있었다.

절정의 경공술이었다.

그가 아는 경공술 중 공기의 흐름을 이용해서 내공의 소모를 최소화한 상태로 쏘아진 화살처럼 빠르게 달릴 수 있는 절대경공, 바로 야신 매요광의 야무영이었다.

순천부에서 석가장을 하루 만에 다녀온다는 것은 보통 사람이라면 꿈도 꾸질 못할 일이고, 어지간한 경공의 고수도 혀를 내두르며 두 손을 번쩍 들어 버릴 터였다.

그러나 설무백은 그것을 충분히 가능하다고 생각했고, 그 믿음의 원천은 기공을 대성함으로 인해 절정에 달한 야무영이었다.

과연 야무영의 신기는 그의 기대를 저버리지 않았다.

아니, 오히려 그마저 놀라게 만들었다.

적어도 한나절 이상은 걸릴 거라고 생각했는데, 정작 그는 반나절도 안 돼서 석가장에 도착한 것이다.

설무백은 그 바람에 화사는 물론 암중에서 따르던 혈영과 사도와도 헤어졌다.

그가 혼자도 아니고 정기룡을 어깨에 들쳐 멘 채 달렸음에도 불구하고 그들은 진땀을 흘리며 버거워하다가 이내 따라붙지 못하고 뒤처져서 낙오해 버린 것이다.

물론 설무백은 그다지 신경 쓰지 않았다.

중도에 포기할 사람들은 아니니 끝내 따라오지 못하면 일을 끝내고 돌아가는 중에라도 다시 만날 수 있을 터였다.

그러니 지금은 다른 생각 말고 시간을 아껴서 정기룡의 일부터 마무리 짓는 것이 좋았다.

북경상련의 문제는 말할 것도 없었고, 왕부가, 바로 연왕이 개입되었을 것으로 보이는 무림 고수들의 은밀한 이동의 원인을 파악하는 데도 적잖은 시간이 소요될 것이다.

제아무리 완벽한 조치를 취했다고는 해도 그가 난주를 오래 비우는 것은 좋지 않았다.

작금의 천하는 내일을 기약할 수 없는 난세인 것이다.

그나마 다행인 것은 그가 하오문의 문주인 묘안초도 석자문을 알고 있다는 사실이었다.

황 거지에게는 그저 확인을 했을 뿐이었다.

내색을 삼갔으나, 아니, 내색할 수 없었으나, 그는 전생에서 석자문을 만난 적이 있었다.

개미굴을 소탕한 다음의 일이었다.

그는 수소문 끝에 석자문을 찾아냈고, 개미굴의 패악에 대한 책임을 물었다.

당연하게도 그 책임은 죽음이었다.

당시 석자문은 개미굴의 패악을 익히 잘 알고 있었으나, 어떻게 처리하는 게 옳을지 몰라서 고민하고 있었다.

하오문의 체계와 기강부터 바로잡고 나서 움직이는 것이 옳다는 생각을 가지고 있으면서도 정작 그마저 행동에 옮기지 못하고 망설이는 중이었다.

황 거지가 석자문에 대해서 어느 정도 알고 있는지는 몰라도, 당시의 석자문은 겁이 많고 우유부단한 성격일 뿐만 아니라 대책 없이 무능했다는 것이 그의 평가였다.

그래서 죽여 버렸다.

수장의 무능은 어떤 면에서 그 어떤 범죄보다도 더 최악의 범죄라는 것이 당시 그가 내린 결론이었다.

그런 자는 죽어 마땅했다.

과연 이번에는 어떨까?

설무백은 예의 경공술을 발휘해서 석가장의 도심으로 빠르게 스며들며 생각했다.

십 년 후에 그럴 사람이 지금이라고 다르기를 바라는 것은 어려운 일이나, 왠지 모르게 기대가 되었다.

정기룡 때문이었다.

전생의 그는 개미굴을 소탕하고, 아이들에게 자유를 되찾아 주었다.

물론 당시에는 정기룡이 없었으며, 정기룡처럼 되바라지게 나서서 따지는 아이도 없었다.

아이들은 개미굴에서 풀려나 뿔뿔이 흩어졌고, 그는 그것으로 만족하고 돌아섰었다.

그래서 무심코 간과했는데, 이번에는 그렇지가 않았다.

이게 무슨 운명의 장난인지는 모르겠지만, 전생의 그날과 달리 이번에는 그의 실수로 죽은 정기룡이 살아 있었다. 그리고 그는 살아 있는 정기룡의 입을 통해서 아이들을 개미굴에서 풀어 주는 것만이 다가 아니라는 사실을 깨닫게 되었다.

하오문의 문주인 석자문을 살려 두고 싶다는, 살려 두고 싶을지도 모른다는 마음이 그래서 들었다.

오늘이 전생의 그날과 다르듯 석자문 또한 십 년 후인 전생의 그가 만난 석자문과 다른 사람일 수도 있었다.

시간의 변화가 만들어 낸 변주 속에 새로운 역사가 시작될 수도 있다는 생각이었다.

그런데 이건 또 무슨 운명의 장난일까?

과연 그의 예상이 들어맞은 것 같기는 했으나, 그게 좋은 건지 나쁜 건지 모를 상황이 벌어져 있었다.

석가장에 도착한 그가 몇몇 사람에게 물어물어 찾아간 만경루에서 만난 석자문의 모습이 그랬다.

석자문은 전생의 그가 만경루가 아닌 다른 장소에서 만났을 때의 모습이 아니긴 했다.

그가 전생에서 석자문을 만났을 때는 서책을 끌어안고 방 구석에 틀어박혀 두문불출하고 있었다.

마치 서책 속에서 자신의 고민에 대한 해답을 찾으려는 사람처럼 보였다.

그러나 오늘의 석자문은 거나하게 취한 상태로 기녀들을 양옆에 끼고 흥청망청 가무를 즐기고 있었다.

태평성대를 누리는 귀족과도 같은 모습이었다.

"뭐지, 이건?"

인생하처불상봉人生何處不相逢 (4)

설무백은 오묘해진 심경을 다잡으며 우선 주변의 동정부터 살폈다.

만향루는 석가장에서 손꼽힌다는 황 거지의 말마따나 드넓은 정원 아래 궁전처럼 화려하게 치장된 사층의 거각(巨閣)이었다.

그리고 새벽을 앞둔 늦은 저녁임에도 문전성시를 이루며 수많은 사람들로 북적거렸다.

석자문은 그 와중에 사방이 탁 트인 누각(樓閣)형태의 사 층을 통째로 사용하고 있었다.

석자문의 지인으로 보이는 몇몇 사내들이 동석한 그 자리는 얼추 삼십여 평의 공간이었으며, 십여 명의 악사들이 연주하는 가운데 십여 명의 무희가 춤을 추고, 다시 십여 명의 기녀들이 석자문과 사내들 틈에 앉아서 갖은 교태를 부리며 술시중을 들고 있었다.

물론 눈에 보이는 그게 다는 아니었다.

설무백은 눈에 보이지 않는 몇몇 사람들이 더 있음을 어렵지 않게 간파할 수 있었다.

어설픈 은신술로 모습을 감추고 있는 자들이 다섯이었다.

양쪽의 기녀를 끼고 희희낙락거리는 석자문을 중심으로 주변에 포진한 것으로 봐서는 석자문을 경호하는 자들일 텐데, 이것 역시 설무백이 가진 전생의 기억에 없던 상황이었다.

오늘의 석자문은 전생에 그가 만났던 석자문과 달라도 매우 크게 달라 있었다.

그러나 그렇다고 해서 상황이 달라질 일은 없었다.

흑사신의 모습으로 만났던 전생의 그때와 마찬가지로, 아니, 그때보다도 오늘 그의 눈과 감각에 들어온 자들의 능력은 더 별 볼 일 없었다.

한마디로 다들 우스운 수준이었다.

끈질긴 생명력으로 오랜 역사를 자랑하긴 했으나, 조직의 체계가 미흡하고 이렇다 할 비전무공이 없다는 하오문의 모습이 여실히 드러나는 상황이었다.

설무백은 이내 마음을 다잡고 만경루로 들어서서 파리처럼 달라붙는 점소이를 무시하며 곧장 사 층 누각으로 올라갔다.

다들 흥청망청하느라 거지꼴인 정기룡을 대동하고 올라서
는 그에게 관심을 가지는 사람은 아무도 없었다.

그는 느긋하게 연주하는 악사들에게 다가가서 그들 중 한
명의 장구채를 빼앗아서 거칠게 두드리며 소리쳤다.

따다당—!

"오늘 연회는 여기까지다! 다들 물러가라!"

연주가 그치고, 무희들이 춤을 멈추었다.

장내의 모든 시선이 대번에 그에게 쏠렸다.

잠깐의 침묵 이후,

"뭐야, 이 새끼!"

누각의 난간에 줄지어 서 있던 험상궂은 사내들이 건들거
리며 그에게 다가왔다.

하오문의 졸개들인지 만향루에서 키우는 건달인지 모를
사내들이었다.

설무백은 무심하게 슬쩍 손을 들어서 다가오는 그들을 가
리켰다. 그의 손이 청광에 휩싸이며 거기서 떨어져 나간 한줄
기 빛이 다가서던 사내들 중 둘의 가슴을 관통했다.

천기혼원공을 완성하기 전에는 펼칠 수 없었던 지공(指功),
청마지(靑魔指)였다.

"컥!"

두 사내가 비명을 지르며 그대로 고꾸라졌다.

그와 동시에.

"까악!"

장내가 아수라장으로 변했다.

무희들과 기녀들이 비명을 지르며 자리를 떠났고, 악사들이 허겁지겁 그 뒤를 따랐다.

흥청망청하던 술자리가 순식간에 정리되었다.

동료의 죽음에 겁을 먹고 서 있던 사내들이 눈치를 보며 슬금슬금 물러나는 가운데, 어설픈 은신술로 숨어 있던 자들이 모습을 드러냈다.

석자문과 동석하고 있던 자들 중 몇몇은 허둥지둥 자리를 벗어났고, 또 다른 몇몇은 엉거주춤 일어나서 칼을 뽑아 들었다.

설무백은 그들의 전면으로 나서며 싸늘하게 경고했다.

"지금부터 셋을 세겠다. 석자문과 같이 죽어도 좋다고 생각하는 사람만 이 자리에 남아라."

그는 태연하게 장내를 둘러보며 손가락 하나를 펼쳤다.

"하나!"

동료의 죽음에 겁먹고 물러나던 사내들이 잠시 눈빛을 교환하더니, 이내 꽁지가 빠지게 아래층으로 달려 내려갔다.

아래층에 있다가 호기심에 고개를 내밀던 사람들이 그들에게 밀려서 계단을 나뒹구는 바람에 약간의 소란이 있었으나, 이내 조용해졌다.

설무백은 두 번째 손가락을 펼쳤다.

"둘!"

석자문과 동석한 자들 중에서 자리를 떠나지 않고 칼을 뽑아든 네 명의 사내 중 두 사내가 곤혹스러운 표정으로 석자문의 눈치를 보았다.

설무백은 세 번째 손가락을 펼쳤다.

"셋!"

석자문의 눈치를 보던 두 사내가 후다닥 내달려서 자리를 떠났다.

이제 장내에는 여전히 자리에 앉아 있는 석자문과 왠지 모르게 그의 곁을 떠나지 않은 기녀 하나, 그리고 동석해서 술자리를 가지던 사내들 중 둘과 어설픈 은신술로 숨어 있다가 모습을 드러낸 다섯 명의 사내들만이 남아서 살기를 드러낸 채로 혹은 의혹 어린 시선으로 그를 주시하고 있었다.

설무백은 무심하게 그들을 둘러보며 물었다.

"남은 사람들은 석자문과 함께 죽어도 좋다는 거겠지?"

대답은 없었다.

설무백은 그러거나 말거나 그들의 태도를 무시하며 정기룡을 데리고 발걸음을 옮겨서 석자문의 맞은편에 앉았다.

은신술을 펼치고 있다가 모습을 드러낸 다섯 사내가 잔뜩 긴장하며 그의 곁으로 다가섰다.

설무백은 슬쩍 그들을 바라보며 차갑게 경고했다.

"이제부터 조금이라도 움직이면 죽는다!"

사내들이 마른침을 삼키며 석자문의 눈치를 보았다.

석자문이 슬쩍 손을 들어서 그들을 제지하며 물었다.

"누구요, 당신?"

설무백은 의외였다.

조금 놀랍기도 했다.

거하게 취했을 거라 생각했던 석자문은 전혀 그렇지가 않았다.

조금 전의 모습이 전부 다 거짓인 것처럼 맑은 눈빛으로 그를 바라보고 있었다.

의혹은 있어도 두려움은 없고, 비록 당황은 했어도 침착함을 잃지 않은 태도였다.

설무백은 내심 기대에 차서 흡족했으나, 내색을 삼가며 냉정한 태도를 취했다.

"질문은 내가 한다. 너는 답변만."

그는 거두절미하고 물었다.

"개미굴이라고 알지?"

석자문의 안색이 변했다.

예상치 못한 질문에 당황한 기색이었다.

이내 평정을 되찾은 그가 대답했다.

"물론 알고 있소. 개미굴은 외인들이 부르는 이름이고, 본래 이름은 유공원이오."

설무백도 아는 이름이었다.

유공원, 즉 어미의 젖을 함께 나누는 집이었다.

"처음에는 그랬을지 몰라도 지금은 그냥 개미굴이야. 그것도 아주 더러운 개미굴이지. 그래서 묻는 건데, 거기 아이들이 어떤 패악을 당하고 사는지도 알고 있나?"

석자문이 선뜻 대답을 못하고 곤혹스러운 표정을 지었다.

대답이 필요 없는 반응이었다.

설무백은 상관하지 않고 답변을 강요했다.

"죽고 싶나?"

석자문의 안색이 굳어졌다.

때를 같이해서 설무백의 경고와 석자문의 제지로 멈춰 섰던 다섯 사내들 중 하나가 발끈해서 칼을 쳐들었다.

"감히 어디서……!"

설무백은 시선도 주지 않고 손을 들어서 그 사내를 가리켰다.

아무런 소리도 없이 그의 손끝에서 쏘아져 나간 청광이 사내의 미간을 관통했다. 예의 청마지였다.

사내가 비명도 없이 앞으로 고꾸라졌다.

설무백은 그에 아랑곳하지 않고 석자문만 바라보고 있었다.

석자문이 힘겨운 표정으로 말문을 열었다.

"그곳의 상황이 좋지 않다는 건 이미 알고 있소. 다만……."

"당신 생각에는 고의로 아이들의 팔다리를 자르고, 눈을 멀게 해서 거리로 내모는 게 그저 좋지 않은 정도인가?"

설무백은 분노하고 있었다.

여차하면 기대고 뭐고 간에 목을 베어 버릴 심산이었다.

석자문이 마치 울분을 토해 내듯 구겨진 인상으로 언성을 높였다.

"지금 우리에게는 그보다 더 좋지 않은 곳도 있소! 납치한 사람들의 살을 저며서 식인을 원하는 종자들에게 근으로 내다팔고, 남은 이와 뼈는 관상용으로 거래하는 자들도 있단 말이오!"

설무백은 말문이 막혔다.

그런 추악한 자들이 있다는 얘기는 들었으나, 그 얘기가 석자문의 입에서 나올 줄은 진정 예상하지 못한 일이었다.

석자문이 거칠어진 숨을 가다듬으며 다시 말했다.

"귀하가 어디서 온 누구이기에 그와 같은 우리의 치부를 가지고 와서 본인을 추궁하는지는 모르겠으나, 이것 하나만큼은 확실하게 대답해 줄 수 있소! 본인 역시 그 일들을 해결하기 위해 최선을 다하는 중이오!"

설무백은 한바탕 소란 통에 난장판으로 변해 버린 장내를 훑어보며 갈잖다는 듯 말했다.

"이렇게 음주가무를 즐기면서 말이지?"

석자문이 당당하게 대답했다.

"이건 즐기는 게 아니라 견디는 거요. 우선은 내가 살아남아야 하기 때문에 말이오."

설무백은 무언가 과거의 석자문과 색다르게 느껴지는 대답이라 애써 분노를 삭이며 물었다.

"왜 이게 견디는 거고, 왜 당신부터 살아야 하는 거지?"

석자문이 설명했다.

"처음에는 외부 출입을 삼간 채 골방에 틀어박혀서 이런저런 궁상을 떨었소. 그랬더니 날 죽이려는 자들이 늘어납디다. 내가 무언가 다른 생각을 하고 있다고, 자기들에게 피해가 올 거라고 지레짐작하고 나를 죽이려는 거였소. 그래서……."

그는 웃는 낯으로 두 팔을 펼치며 말을 이어 나갔다.

"이렇게 살고 있소. 아무려면 어떠냐는 식으로 자포자기하며 그야말로 흥청망청 막 사는 거요. 그랬더니 나를 보는 시선들이 달라집디다. 나를 예의 주시하는 주변의 경각심이 거짓말처럼 사라지더라 이 말이오."

설무백은 냉정하게 말을 끊었다.

"그래서?"

석자문이 입가의 미소를 한결 짙게 드리우며 말했다.

"그간 우리 하오문이 천하에 자랑할 것이라고는 잡초처럼 끈질긴 생명력밖에 없었소. 거기엔 우리가 그저 살아남기에 급급했다는 이유도 있지만, 그에 앞서 이렇다 할 조직 체계를 구축하지 못했기 때문이오."

그는 자신의 가슴을 쳤다.

"내가 그걸 만들 거요! 그리고 그 힘으로 우리 하오문의 부조리를 깨끗이 청산하고 새롭게 도약할 거요!"

설무백은 싸늘한 눈초리로 석자문을 눈을 직시했다. 그리고 느꼈다.

전생의 그날과 마치 딴 사람처럼 달라진 석자문의 태도에서는 한 점 거짓도 발견할 수 없었다.

지금 그가 마주하고 있는 석자문은 전생에서 그가 마주했던 석자문이 아니었다. 단순히 시간이 다르다는 뜻이 아니라 사람이 달라져 있었다.

생각이 그에 이르자, 설무백은 절로 생각이 많아질 수밖에 없었다.

석자문의 생사를 떠나서 오늘의 사태가, 바로 그의 참견이 석자문의 계획에 차질을 빚게 만든 것은 아닌지 우려되는 마음도 들었다.

그때 석자문이 대뜸 자리에서 일어나서 더 없이 정중하게 포권의 예를 취했다.

"어디에서 오신 고인이신지는 모르나, 진심으로 감사드리오. 덕분에 그간 가장 고심하던 주변의 옥석이 가려졌으니 말이오."

설무백은 예리하게 그의 말을 알아듣고는 내심 고소를 금치 못했다.

그가 석자문과 함께 죽을 사람만 남으라는 협박을 하는 바람에 떠날 사람들이 떠났다.

그는 의도치 않게 진심으로 석자문과 생사를 같이할 사람들을 선별해 준 셈인 것이다.

묵묵히 고개를 끄덕인 그는 자리를 털고 일어나며 말했다.

"좋아, 그 말을 믿고, 살려 주지!"

누가 들어도 대단히 불쾌했을, 아니, 당연히 분노했을 이 말을 듣고도 석자문의 태도에는 아무런 변화가 없었다.

석자문은 그저 묵묵히 고개를 끄덕였다.

석자문은 이미 설무백이 자신의 능력으로는 절대 상대할 수 없는 신화경의 고수임을 알고 있었다.

설무백은 그런 그의 전면으로 정기룡을 내세우며 다시 말했다.

"대신 앞으로 개미굴은 이 아이에게 맡겨 주어야겠어."

그는 어리둥절해하는 석자문을 향해 피식 웃으며 덧붙였다.

"거기서 패악을 부리던 자들은 이미 내손으로 다 처치했으니, 다른 걱정은 말고."

"그건 안 될 말이오!"

설무백에게 개미굴을 정기룡에게 맡기라는 말을 듣고 어리둥절해하며 침묵하던 석자문이 고개를 저으며 대답한 말이었다.

하오문의 체계를 새롭게 구축하겠다고 선언을 할 때만큼이나 단호한 모습이었다.

설무백은 불쾌한 기색을 드러냈다.

우연찮게도 그 순간에 은밀하게 나타나서 장내를 주시하는 암중인이 하나 있었다.

놀랍도록 고도의 은신술을 발휘하고 있으나, 그의 감각을 넘어설 수는 없었다.

하물며 그는 암중인의 정체도 이미 알고 있었다.

전생의 그가 석자문을 찾아왔을 때도 죽기를 각오하고 앞을 막아서던 석자문의 쌍둥이 동생인 석자양(石紫樣)이었다.

당시에도 그는 하류배들의 집단인 하오문에 어울리지 않는 석자양의 뛰어난 실력을 이채롭게 봤는데, 오늘도 새삼 감탄스러웠다.

대외적으로는 알려지지 않았으나, 하오문은 쌍둥이 형제인 석자문의 머리와 석자양의 무력으로 이끌어지고 있었다.

석자문의 반발은 그 암중인의 등장과 무관하지 않을 터였다.

불쾌했다.

"실망이군. 상황에 따라 마음이 변하는 자는 신뢰할 수 없지."

석자문의 안색이 변했다.

암중에 나타난 석자양의 존재를 인식한 것 같은 설무백의 반응에 놀란 기색이었다.

"그게 아니오."

석자문이 서둘러 항변했다.

"누굴 믿고 생각이 바뀐 것이 아니라 우리 식구를 내줄 수 없다는 뜻이오. 이미 말했다시피 내 꿈은 하오문을 환골탈태시키는 것이오. 쓸 만한 것만 고르는 것이 아니라 기존의 전부를 말이오. 이래서 떼어 내고 저래서 버린다면 내 꿈은 아무런 의미가 없소!"

설무백은 이제야 석자문의 태도를 이해하며 이채로운 눈빛으로 바라보았다.

그는 그간 쉬운 길을 놔두고 굳이 어려운 길을 선택하는 사람들을 종종 보았었다.

신념이라는 거다.

그리고 그런 신념을 가진 사람들은 아무리 힘들고 괴로워도, 설령 목숨의 위협을 받아도 절대 자신의 생각을 굽히지 않는다.

결국 그는 선택해야 했다.

석자문을 죽이거나, 생각을 바꾸거나!

우선 그는 물었다.

"개미굴의 타락은 너의 책임도 크다. 인정하나?"

방조하진 않았어도 방임했다. 사태를 알고도 아직 힘이 없다는 빌미로 고개를 돌리고 외면했다.

설무백은 전생의 기억을 통해서 그와 같은 사실을 누구보다도 잘 알고 있었다.

"인정하오."

석자문이 곤혹스러운 표정으로 고개를 끄덕였다.

설무백은 무심하게 말했다.

"그럼 대안을 말해 봐. 네게 개미굴을 맡겨도 좋다는 생각이 들면 내가 물러나도록 하지."

석자문이 한동안 굳은 얼굴로 그를 직시하다가 이내 작심한 눈빛을 드러내며 말문을 열었다.

"귀인께서 아시는지 모르겠으나, 본디 우리 하오문은 기루의 유객들이 모여서 저 먼 옛날의 인물들인 오자서(伍子胥)와 백비(伯嚭)를 수호신으로 삼는 것으로부터 시작되었소. 소위 바라던 뜻을 이루면 오자서 같은 호걸로, 그렇지 않으면 백비 같은 비루한 소인 건달로라도 연명하기를 기원하는 양면성을 가진 것이 우리 하오문의 유래였던 것이오."

설무백은 뜬금없이 터져 나온 하오문의 유래에 어리둥절했으나, 워낙 진중한 석자문의 태도에 섣불리 말을 끊을 수 없었다.

석자문이 계속 말했다.

"하나, 본인은 우리 하오문의 문도들이 백비 같은 비루한 소인처럼 연명할지라도 오자서 같은 호걸로 살기를 바라오. 해서, 나름 머리를 굴린 바, 그와 같은 하오문의 체계를 세우려면 아홉 명의 인재가 필요하다고 생각했고, 각고의 노력 끝에 여덟 명의 인재를 모았으며, 지금 그들은 내 의지에 동참

천외천의
주인

해서 불철주야 전국을 돌며 하오문의 기강을 바로잡고 있소."

"설마……?"

설무백은 절로 느낌이 와서 말을 끊지 않을 수 없었다.

"나보고 남은 그 하나가 되어 달라는 소리는 아니겠지?"

석자문이 예의 단호한 표정으로 고개를 저었다.

"아니오. 누울 자리를 보고 다리를 뻗으랬다고, 본인이 어찌 그 정도 주제도 모르겠소."

설무백은 무안하면서도 안심했다.

석자문이 그런 그를 직시하며 대뜸 더 없이 정중하게 일어나서 무릎을 꿇으며 머리를 조아렸다.

그리고 태도처럼 말투도 바꾸어서 말했다.

"남은 그 하나는 제가 되겠습니다! 그러니 부탁하건데, 부디 귀인께서 우리를 이끌어 주십시오!"

설무백은 황당해도 너무 황당해서 거대한 쇠뭉치로 머리를 한 대 맞은 것 같았다.

한편으로 무언가 고단수의 놀림을 받는 것 같기도 했다.

그는 불쾌해졌다.

"지금 나를 가지고 노나?"

석자문이 고개를 들고 그의 시선을 냉정하게 마주하며 대답했다.

"진심입니다! 믿어 주십시오!"

설무백은 불쾌함이 더해져서 자연히 말이 거칠게 나갔다.

"네가 나를 언제 봤다고 자신의 목숨은 고사하고 적어도 십만을 헤아리는 방도의 생사를 맡긴다는 거냐?"

석자문이 힘주어 대답했다.

"제가 다른 건 몰라도 사람을 보는 눈과 때를 아는 머리는 가졌다고 생각합니다. 귀인께서는 오늘 저의 무능을 깨우쳐 주셨습니다. 저의 그릇에 담을 수 없는 것을 담으려고 아등바등하고 있음을 일깨워 주셨습니다. 그런 분이시기에 모든 것을 맡기려는 겁니다."

그는 진중하게 빛나는 두 눈 아래 해학적인 미소를 입가에 머금으며 말을 끝맺었다.

"도박이라면 도박이 테지만, 어차피 인생 자체가 도박 아니겠습니까. 지금 저의 선택이 패착이라면 그 또한 제가 가진 그릇의 한계일 테니, 후회하지 않을 자신이 있습니다!"

설무백은 웃지 않고, 한결 더 냉정하게 말했다.

"그 말이 진심이라면 어디 한번 증명해 봐."

석자문이 결의에 가득 찬 눈빛을 드러내며 주저하지 않고 칼을 뽑아서 자신의 목에 댔다.

"제가 시궁창에서 구르며 살았어도 한 입으로 두말하는 사람은 아닙니다. 명령만 내리십시오. 배를 갈라 속을 드러내 보일 용기는 없지만, 단칼에 목숨을 내드릴 수는 있습니다!"

"난 할 일이 많아서 귀찮은 건 딱 질색인 사람이다."

설무백은 심드렁하게 한마디 흘리고는 무심한 얼굴 그대로 이어서 냉담하게 말했다.

"어디 한번 보자! 과연 그게 진심인지!"

석자문이 움찔했으나, 이내 작심한 듯 목에 댄 칼날을 두 손으로 잡고 세차게 옆으로 당겼다.

순간,

쨍―!

거친 쇳소리가 울리며 석자문이 칼자루를 놓쳤다.

바람처럼 쇄도한 검은 그림자 하나가 칼을 휘둘러서 그가 두 손으로 잡고 당기던 칼날을 후려쳤기 때문이다.

어딘지 모르게 미욱해 보이는 구석을 빼면 얼굴과 체구, 하다못해 원숭이처럼 두 팔이 긴 것까지 석자문과 같은 사내, 암중에서 그들을 지켜보던 석자양이었다.

석자문이 눈을 부라렸다.

"이게 무슨 짓이냐!"

석자양이 퉁명스럽게 대꾸했다.

"다른 건 몰라도 형이 나보다 먼저 죽는 건 못 봐. 차라리 내가 먼저 죽고 말지."

말을 하면서 석자문 옆에 털썩 무릎을 꿇은 그가 자신의 목에 칼날을 대며 설무백을 향해 누런 이를 드러냈다.

"내가 좀 머리가 나빠. 그래서 형이 죽으면 어차피 쓸모가 없어져. 그러니 내가 죽을게. 내가 죽으면 형이 죽은 것으로 생각해 줘. 얼굴이 같으니까 그래 줄 수 있지?"

석자양이 대답도 듣지 않고 목에 댄 칼날을 두 손으로 움켜 잡고 세차게 당겼다.

일말의 망설임도 없는 행동이었다.

설무백은 반사적으로 손을 내밀었다.

청광이 뻗어 나갔다.

쨍―!

거친 쇳소리가 울리며 석자양이 잡아당기던 칼날이 손잡이 에서부터 부러져 나갔다.

청마지였다.

칼날이 부러져 나가는 바람에 우스꽝스럽게 손잡이만 잡아 당기며 목을 내미는 꼴이 되어 버린 석자양이 어리둥절해하 며 설무백을 바라보았다.

설무백은 한숨을 내쉬며 두 손을 들었다.

"그래, 내가 졌다."

인생하처불상봉人生何處不相逢 (5)

설무백의 예상대로 화사를 비롯한 혈영과 사도는 중도에 포기하지는 않았으나, 사전에 알려 준 목적지인 만향루는커녕 겨우 석가장으로 들어서는 길목에 도착할 수 있었다.

　돌아가는 길에 그들과 합류한 설무백은 귀신을 보는 것 같은 눈빛으로 쳐다보는 그들의 발길을 돌려서 북경 순천부로 향하며 만향루에서의 사정을 알려 주었다.

　"그 애는요?"

　"개미굴을 맡기려면 나름 교육이 필요하니, 한 이틀 그 친구와 지내기로 했다."

　"그동안 개미굴은 어쩌고요?"

　"어쩌긴 뭘 어째? 한 이틀 정도 화사 네가 맡아 줘야지."

"제가요?"

"관부의 일은 방양에게 말하면 쉽게 해결될 테니, 걱정 말고 한 이틀 애들하고 놀아 줘라."

"팔자에도 없는 보모 노릇을 다 하게 생겼네요."

대화는 그것으로 끝이었다.

대체로 입이 가벼운 화사는 말할 것도 없고, 입이 무거운 혈영이나 사도조차도 이런저런 의문이 많은 기색이었으나, 더는 깊게 묻지 않았다.

그럴 여유도 없었다.

설무백은 곧바로 출발했고, 올 때와 마찬가지로 갈 때 역시 그들은 그의 뒤를 따르는 것조차 버거워서 숨을 헐떡이느라 바빴다.

설무백이 적당히 보조를 맞추는데도 그랬다.

정기룡이 없어서 한결 홀가분해진 그가 올 때처럼 전력을 다했다면 그들은 다시 낙오를 면치 못했을 터였다.

가는 길이 오는 길보다 더 시간이 걸린 것은 그 때문이었는데, 화사 등도 나름 사력을 다한 터라 다행히 날이 완전히 밝지는 않았다.

동녘이 검푸르게 변하는 새벽이었다.

북경 순천부에 도착한 설무백은 화사만을 방 장자의 저택으로 돌려보내고 혈영과 사도만을 대동한 채 왕부로, 즉 연왕부로 향했다.

지극히 개인적인 일과 무관하게 방양의 부탁을, 즉 북경상련에서 벌어지는 '공주의 난'을 보다 쉽게 해결하기 위한 수단이 아니더라도 연왕과의 만남은 피할 수 없는 일이었다.

연왕부가 시야에 들어오자 혈영이 걱정했다.

"약속은 되어 있는 건가요?"

"형제가 만나는 데 약속이 필요하나?"

"혀, 형제요?"

사정을 모르는 혈영이 적잖게 놀라며 물었다.

"하면 왜 대문을 이용하지 않고……?"

당연한 의문이었다.

지금 그들은 연왕부의 대문을 멀리 돌아서 한적한 지역에 자리한 담을 마주하고 있었다.

설무백은 멋쩍게 말했다.

"아무리 그래도 이 시간에 버젓이 대문을 두드리는 건 예의가 아니잖아."

"그렇다고 담을 타요?"

"세상에는 남들이 알아서 좋을 게 없는 형제도 있는 법이다."

혈영이 제대로 알아들은 것 같지는 않았으나, 더는 머리를 쓰기 싫었는지 그대로 인정했다.

"그럼 어서 예의를 갖춰서 담을 타지요."

그러나 우습지 않게도 예의를 갖추는 것이 쉽지 않았다.

분명 한적한 지역에 자리한 담임에도 불구하고 주변에서 느껴지는 경계의 기운이 예사롭지 않았다.

그의 기감은 담이 막고, 어둠이 가려서 시야에 들어오지도 않는 그들의 존재를 기척은 물론 위치까지도 정확히 파악할 수 있게 했다.

매우 적절한 간격을 두고 담과 떨어진 상태로 포진해서 사람의 시야가 주는 사각지대를 최대한 없애며 경계에 임하는 그들에게서는 그조차 쉽게 무시할 수 없는 기운이 느껴졌다.

'연왕부의 무력이 이 정도였나?'

설무백은 절로 고개를 저었다.

연왕부의 무력이 황궁의 정예인 금의위와 버금간다는 소문은 들었으나, 아무리 그래도 이건 너무 과했다.

일개 왕부의 경계를 서는 초병의 능력이 무림의 고수급이라는 것은 정말이지 그의 상상을 뛰어넘는 일이었다.

'중원의 고수들이 은밀하게 연왕부로 향한다더니, 그들인가?'

가능성으로만 따지면 그게 답이었다.

과연 자존심을 목숨보다 더 중히 여기는 중원의 고수들이 무엇이 아쉬워서 일개 왕부의 경계를 서고 있는 것일까?

'역시……!'

사실이 그렇다면 답은 하나였다.

연왕 주체가 전생의 그가 아는 바 그대로 황권을 향한 자신의 욕망을 드러낸 것이다.

그는 마음을 다잡으며 물었다.

"가능하겠어?"

혈영이 무심코 던진 그의 질문을 예리하게 알아들으며 대답했다.

"가능하지 않아도 가능하게 해야지요."

사도가 뒤를 이어서 자신했다.

"제가 뭐 하던 놈인지 잊으신 겁니까?"

설무백은 어련하겠냐는 듯 어색해진 표정으로 고개를 끄덕였다. 그리고 그대로 소리 없는 바람으로 변해 담을 타고 넘어갔다.

혈영과 사도가 그림자처럼 그의 뒤를 따랐다.

그러나 현실의 벽은 그들의 생각한 것과 차이가 있었다.

혈영과 사도가 설무백의 뒤를 따라서 담을 넘어서는 순간이었다.

나직한 비웃음이 들려왔다.

"세상이 아무리 어수선해도 그렇지, 감히 왕부의 담을 넘다니, 간이 배 밖으로 나온 놈들이군그래."

설무백이 지나간 다음이었다.

건장한 체격을 자랑하는 사내 하나가 홀연히 나타나서 혈영과 사도의 앞을 가로막았다.

혈영과 사도 중 하나가 기척을 숨기는 데 실패한 것이었다.

담을 따라서 일정한 간격으로 포진한 경계의 기운이 대번에 그들에게 몰려들었다.

　설무백은 뒤에서 들려온 사내의 목소리와 더불어 빠르고 민첩하게 주변으로 몰려드는 기척들을 느끼면서도 잠시 어리둥절한 표정으로 서 있었다.

　어딘지 모르게 혈영과 사도를 가로막은 사내의 뒷모습이 전혀 낯설지 않았다.

　과거 천하삼기의 하나인 야신이 천하에 자랑하던 야무영의 오대비기 중 하나인 유령신영(幽靈神影)을 풀어서 정말 유령처럼 홀연히 모습을 드러낸 그는 슬쩍 손을 내밀어서 사내의 어깨를 쳤다.

　"왕 아재?"

　혈영과 사도의 앞을 막아선 사내가 기겁하며 돌아서서 설무백을 보고는 눈이 커졌다.

　"도, 도련님!"

　설무백도 절로 눈을 크게 떴다.

　그의 예상대로 그 사내는 바로 왕인이었던 것이다.

　석년의 야신은 천하삼기의 하나이기 이전에 독보적인 경공술의 대가였고, 그의 독문신법인 야무영은 그런 명성에 걸

맞도록 천하십대신법의 하나로 꼽혔다.

그리고 야무영에 속한 다섯 가지 수법, 이른바 오대비기의 하나인 유령신형은 공간과 공간 사이에 존재하는 사각으로 스며드는 고도의 수법으로, 단순히 몸을 감추고 흔적을 지운다는 측면만 놓고 따진다면 능히 천하최강을 다툴 수 있는 은신법이었다.

지금의 설무백은 석년의 야신이 이룬 경지를 이미 초월한 상태였다.

강호 무림의 일류 고수를 능가하는 왕인이 느닷없는 그의 등장에 기절초풍할 정도로 기겁해서 본능적인 반격조차 하지 못한 이유가 그 때문이었다.

그러나 아쉽게도 간발의 차이로 장내에 집결한 자들은 이미 모습을 드러낸 설무백을 보았기 때문에 주저 없이 공격에 나섰다.

"놈!"

누군가의 매서운 일갈이 터지고, 살기가 비등하며 검기가 폭사했다.

새벽 공기보다 더 차갑고 예리한 칼날들이 설무백을 위시한 혈영과 사도를 노리고 있었다.

"멈추시오!"

왕인이 정신을 차리며 다급하게 소리쳤으나, 이미 발출된 살기는 거두어질 수 없었다.

설무백은 어쩔 수 없이 살기에 반응해서 움직였다.

순간적으로 그의 신형이 흐릿해졌다.

그를 노리던 칼날 하나가 헛되이 공기를 갈랐다.

"헉!"

칼날의 주인이 헛바람을 삼키는 순간, 설무백의 신형이 거짓말처럼 그 자리에 다시 나타나서 두 손을 내밀었다.

돌아가던 칼날이 거무튀튀하게 변한 그의 한 손에 잡히고, 그의 다른 한 손에서 쏟아진 두 줄기 청광이 혈영과 사도를 노리고 쇄도하던 사내들의 칼날을 때렸다.

순간적인 판단이었다.

혈영과 사도를 믿지 못해서가 아니라 상대가 그들 못지않게 강해서 누군가는 필히 피를 볼 것 같아서 손을 쓴 것이다.

째쨍-!

거친 쇳소리가 터지며 혈영과 사도를 노리던 두 개의 칼날이 산산이 깨져 나갔다.

"크윽!"

두 사내가 손목을 부여잡고 물러났다.

내력을 운기하고 나선 무인의 병기가 상대의 반격으로 깨지거나 부러지면 그저 병기가 상한 것으로 끝나지 않는다.

사람에 따라 상황에 따라 다르겠지만, 거의 대부분의 경우는 병기에 실린 내력이 고스란히 주인에게 타격을 주기 때문이다.

설무백의 청마지에 칼날이 박살난 사내들도 그 범주를 벗어나지 못했다.

손목을 부여잡고 물러나는 그들의 손목은 엉망으로 찢어져서 피를 흘리고 있었다.

그나마 다행이었다.

왕인의 외침에 반응한 그들이 본능적으로 내력을 격감하지 않았다면 손바닥이 찢어지는 정도가 아니라 손목이 날아갔을지도 몰랐다.

"멈추시오! 적이 아니라 아군이오!"

왕인이 재빨리 다시 소리쳤다.

물러난 자들 때문이 아니라 간발의 차이를 두고 장내에 도착한 자들이 더 있었던 것이다.

물러난 자들은 말할 것도 없고, 새롭게 나타난 자들 모두가 돌처럼 굳어져서 불신에 찬 눈빛으로 설무백을 바라보았다.

상대가 적이 아니라는 사실보다 한순간에 그들의 동료 셋을 격퇴한 설무백의 무력에 경악을 금치 못하고 있었다.

"카, 칼을……."

잠시 정적이 흐르는 가운데, 누군가 말을 더듬었다.

설무백의 손에 칼날을 잡힌 사내가 뒤늦게 정신을 차리며 입을 연 것이다.

"아……!"

설무백은 경황 중에 그제야 깨닫고는 어색한 표정을 지으며 잡고 있는 칼날을 놓아주었다.

그리고 모두를 향해 정중한 포권의 예를 취하며 사과했다.

"죄송합니다. 조용히 다녀갈 생각에 결례를 무릅쓰고 담을 넘었는데, 제 욕심이 너무 과했습니다."

사과를 했어도 장내의 분위기는 조금도 바뀌지 않았다.

내막을 모르는 설무백은 이해할 수 없었으나, 당연히 그럴 수밖에 없는 상황이었다.

오늘 연왕부의 경계를 서는 사람들은 보통의 초병이 아니라 하나같이 내로라하는 대내무반의 고수들과 군부의 장수들이었다.

최하가 일천 명의 병사를 거느리는 천호소(千戶所)의 주인인 정오품의 정천호인 그들의 입장에서는 상대가 적이든 아니든 무려 세 명의 동료를 속절없이 무력화시킨 설무백이 부담스러웠고, 경계하지 않을 수 없는 존재였다.

적이 아니라고 해서 무턱대고 반길 수 있는 상대가 전혀 아닌 것이다.

그런 장내의 분위기를 일거에 바꾼 것은 늙수그레한 목소리 하나였다.

"새벽 댓바람부터 이게 무슨 난리인가 했더니, 비공(秘公)이었군. 왕야께서 하사하신 용봉패는 어디 가서 국 끓여 먹고 또다시 밤손님 놀이인 겐가?"

검은 장포를 포대처럼 헐렁하게 걸친 백발의 노인이었다.

설무백은 반색했다.

과거의 그날처럼 금빛 비늘과 붉은색 목면으로 만들어진 장군복을 걸치지는 않았으나, 그는 첫눈에 알아볼 수 있었다.

위국공이었다.

'그런데 비공……?'

조금 전 왕인도 기겁한 순간에 얼떨결에 그의 호칭을 흘린 다음에는 굳이 그의 정체를 밝히지 않았었다.

그리고 지금 위국공은 그를 비공이라 호칭하고 있었다.

이건 그의 정체가 들어나는 것을 저어한다는 뜻이었다.

설무백은 그들이 보인 태도를 금세 이해했다.

곧 장내의 모두가 뒤로 한걸음씩 물러나서 고개를 숙이는 가운데, 위국공 앞으로 나서며 멋쩍게 웃었다.

"어쩌다보니 또 이렇게 됐습니다. 우연찮게 순천부를 방문한 김에 인사나 드리려 찾아왔는데, 왕부의 경계가 이리도 삼엄할 줄은 미처 상상도 하지 못했습니다."

위국공이 너털웃음을 흘렸다.

"왕부의 경계를 그리 호락호락하게 보았다니, 비공의 호기는 예나 지금이나 여전하군그래."

이건 오늘의 소란이 설무백의 미숙으로 인해 일어난 것이 아니라는 사실을 몰라서 하는 소리였다.

그러나 굳이 노장군의 자부심에 상처를 낼 이유는 없었다.

설무백은 새삼 멋쩍은 미소를 지으며 위국공의 말을 받아넘겼다.

"오늘의 과오를 거울삼아서 앞으로는 용봉패를 아끼지 않고 사용하도록 하겠습니다."

"암, 그래야지. 권력은 보관하라고 있는 게 아니라 쓰라고 있는 걸세."

흐뭇한 미소를 머금고 충고 같지 않은 충고를 던진 위국이 이내 장내에 집결한 모두에게 눈치를 주었다.

왕인을 비롯한 장내의 모두가 삽시간에 사방으로 흩어졌다.

위국공이 그제야 돌아서며 길을 안내했다.

"들어가세. 안 그래도 왕야께서 자네 안부를 자주 물으셨네. 워낙 새벽잠이 없으신 분이시니, 지금 배알해도 그리 불경이 아닐 게야."

설무백은 아무런 말없이 자리를 떠나는 왕인을 애써 외면하며 묵묵히 위국공의 뒤를 따랐다.

연왕의 거처는 왕부의 중심을 차지한 대전인 대운각(大雲閣)이었다.

요소요소마다 삼엄한 경계가 펼쳐진 대여섯 개의 담과 정원을 거슬러서 거기 대운각에 도착한 설무백은 보이지 않는 곳에서 자신의 일거수일투족을 예리하게 주시하는 수십 개의 시선을 의식하며 위국공의 뒤를 따라 내실로 들어섰다.

위국공의 말마따나 연왕은 아직 어스름이 풀리지 않은 새벽임에도 이미 깨어나 있었다.

그는 차를 마시고 있다가 호들갑스러울 정도로 반갑게 무백을 맞이했다.

"이런, 아우님이 아니신가? 내가 어제 꾼 꿈이 길몽이었나 보군. 이래저래 살기가 바빠서 기별을 한다한다 하면서도 하지 못했는데, 아우님이 어찌 내 마음을 헤아렸는가 그래. 하하하……!"

"저야말로 격조했습니다, 전하."

"에이, 전하라니. 섭섭하게 그러지 말게. 전에 내가 전한 마음을 벌써 잊은 겐가? 나를 만날 때는 그리 격식을 따지지 말게. 난 자네에겐 그저 형님으로 족하네."

상대는 황족이고, 그것도 당금 황상의 아들인 고귀한 신분이다.

제아무리 허락이 떨어졌다고는 해도 일개 범부에 지나지 않는 사람이 그런 위인을 격의 없이 부른다는 것은 절대 쉬운 일이 아니었으나, 설무백은 무덤덤하게 받아들었다.

"그러지요, 형님."

연왕이 기분 좋게 하하 웃고는 자리를 권했다.

"암, 그래야지. 자, 자, 이리 앉게. 위국공께서도 어서 이리 와서 앉으세요. 우리 오랜만에 수다나 좀 떱시다. 오랜만에 아우님을 보니 내가 아주 하고 싶은 말이 많아집니다."

설무백과 위국공이 자리에 앉고, 연왕의 말마따나 이런저런 수다가 시작되었다.

흡사 우연찮게 빨래터에 모인 아낙네들처럼 자잘한 일상을 주제로 한 수다였다.

연왕은 사소한 상황도 과장되게 설명하며 크게 웃었고, 위국공은 보조를 맞추듯 그에 동조했다.

그러나 설무백은 제대로 어울리지 못했다.

왠지 모르게 시간이 갈수록 마음이 무거워졌다.

가끔은 어울리지 않게 혹은 너무나도 어울리게 쌍욕까지 섞어 가며 수다를 떠는 연왕의 태도에서 애써도 감출 수 없는 상심이 느껴졌기 때문이다.

설무백은 더 없이 밝은 모습인 연왕이 슬프고 외롭고 쓸쓸해 보였다.

호탕하게 웃고 있음에도 불구하고 지나칠 정도로 고통스러운 고민이 가슴으로 느껴졌다.

이윽고, 그는 더 이상 참지 못하고 연왕의 말이 잠시 끊어진 틈에 불쑥 물었다.

"무슨 일이십니까, 형님?"

활짝 웃던 표정으로 굳어진 연왕이 슬며시 입을 다문 채 물끄러미 그를 바라보았다.

설무백은 가만히 다시 질문했다.

"몇몇 내로라하는 무림의 고수들이 은밀하게 연왕부로 모인다는 얘기를 들었습니다. 그것과 관계된 일인가요?"

연왕이 대답에 앞서 찻잔에 차를 따라서 단숨에 비우고는 비틀린 미소를 지었다.

"이럴 땐 차보다 술이 제격인데 아쉽군."

탄식처럼 들리는 설명이 그다음에 이어졌다.

"아버님께서 마음을 굳히셨네. 어린 조카에게 황위를 물려주기로 말일세."

연왕부로 적잖은 무림의 고수들이 은밀하게 몰려들고, 연왕부의 경계가 전에 없이 삼엄하게 변한 이유도 거기에 있었다.

때로는 하루가 멀다하게, 또 때로는 시간을 두고 느슨해진 틈을 타서 연왕부의 담을 넘는 자객이 있다고 했다.

누군가 차기 황제에게 가장 위협이 되는 인물을 연왕으로 낙인하고 연이어 암살을 시도하는 것이다.

그랬다.

연왕은 그저 누군가라고 호칭했다.

그 누군가가 차기 황제에게 기생하려는 탐관오리의 무리일 수도 있지만, 어쩌면 그를 낳은 아버지, 즉 당금황상일 수도 있기에, 아니, 그럴 가능성이 더 크다고 생각하기에 감히 제대로 지목하지 못하고 에둘러 말하는 것임을 설무백은 어렵지 않게 짐작할 수 있었다.

"무림의 고수들을 초빙한 것은 여기 계신 위국공의 뜻이었네. 어디서 구했는지는 몰라도 기묘한 사술을 동원한 자객들도 있더군. 그런 자객들을 무리 없이 처리하려면 그들의 사술을 자주 접해 본 무림의 고수들이 제격이라는 것이 위국공의 생각이셨는데, 과연 그렇더군. 덕분에 요 며칠 내가 아주 편하게 자고 있지.”

설무백은 저도 모르게 기분이 묘해졌다.

그럴 수밖에 없는 것이, 그는 전생의 기억을 통해서 지금 자신의 눈앞에 앉은 연왕 주체가 얼마나 패도적인 인물인지 정확히 알고 있었다.

그러나 일각에서는 폭군이라고 칭할 정도의 인물인 연왕의 이면에 이런 고뇌와 아픔이 있었다는 사실을 알게 되자, 뭐라고 형용할 수 없는 기분에 사로잡혔다.

과연 이게 진심일까, 가식일까?

설무백은 애써 그런 내색을 삼가며 물었다.

“도와드릴까요?”

연왕이 미소 띤 얼굴로 넌지시 되물었다.

“이 우형이 그리도 나약해 보이나?”

비록 정색은 하지 않았으나, 전생의 그가 알고 있는 패도적인 기운이 엿보이는 태도였다.

설무백은 가만히 고개를 저었다.

“그럴 리가 있겠습니까. 그저 동생으로서의 의무로 묻는 겁니다. 후환이 두려워서 말입니다.”

“하하하……!”

연왕이 호탕하게 웃고는 이내 멋쩍은 표정으로 입맛을 다셨다.

"아쉽군. 나 역시 형으로서의 의무로 되물어 본 것인데 말이야. 아무튼, 말만이라도 고맙네."

그는 사뭇 진지한 기색으로 변해서 말을 덧붙였다.

"하지만 말만으로 끝나선 안 되네. 지금은 비록 아니지만, 언제고 아우님의 도움이 필요하다면 나는 주저하지 않고 기꺼이 손을 내밀 사람이야. 비공이라는 아우님의 호칭은 그래서 내가 지은 걸세. 내가 가진 비장의 한 수라는 의미지. 그러니 아우님 역시 그런 상황에 직면하면 기꺼이 이 우형에게 손을 내밀어 주게. 이 우형도 아우님에게 그런 사람이고 싶으니 말일세."

설무백은 충분히 이해하며 묵묵히 고개를 끄덕였다.

지금 그가 보는 연왕의 모습이 진심인지 아닌지는 정확히 알 수 없었다.

다만 그가 가진 전생의 기억을 통해서 아는 연왕은 아무런 의미가 없는 관계를 지속하는 사람이 절대 아니었다.

그게 무엇이든, 설령 그게 벼락처럼 떨어져서 돌이킬 수 없는 애정일지라도 연왕이 그와의 관계를 유지하는 것은 필요에 의한 선택인 것이다.

그것을 익히 잘 알고 있었기에, 그는 내친김에 주저하지 않고 또 다른 자신의 용건을 드러냈다.

"혹시 제가 가진 그 손, 지금 내밀어도 되겠습니까?"

연왕이 무슨 말인지 선뜻 이해를 못한 듯 눈을 끔뻑였다.

설무백은 특유의 미온한 미소를 지으며 그런 연왕에게 자신이 북경으로 오게 된 사연을, 이른바 북경상련에서 벌어지는 '공주의 난'을 있는 그대로 가감 없이 설명해 주었다.

설명을 듣고 묵묵히 고개를 끄덕이던 연왕이 불쑥 물었다.

"빠른 해결을 바랄 테지?"

당연한 말이었다.

"아무래도 그게 좋지요."

연왕이 흥미롭다는 듯 혹은 기대가 된다는 듯 손바닥을 비비며 자리를 털고 일어났다.

"좋아, 그럼 어디 한번 가 보지."

"예?"

설무백은 어리둥절했다.

보란 듯 허리를 띠를 바싹 조이고 나선 연왕이 그런 그를 향해 대수롭지 않게 말했다.

"이건 나처럼 선택된 자들, 소위 타고난 금수저들의 싸움이야. 복잡하게 생각하면 한도 끝도 없이 복잡하지만 간단하게 생각하면 이보다 더 쉬운 일도 없지. 더 큰 금수저로 눌러 버리면 그만이거든."

그는 손가락으로 자신을 가리키며 씩, 하고 웃었다.

"자랑은 아니나, 세상에 이 우형보다 더 크고 화려한 금수저도 드물지 않을까?"

설무백은 너무 추상적인 말이라 선뜻 수긍할 수 없었다.

그러나 어느 정도 맥락은 이해했고, 무엇보다도 감히 연왕의 주장에 토를 달 수 없었다.

그렇게 사전에 아무런 통보도 없이 연왕의 북경상련 방문이 이루어졌다.

북경상련이 발칵 뒤집어지는 대사건이었다.

인생하처불상봉人生何處不相逢 (6)

"누, 누가 왔다고?"

"연왕 전하십니다! 연왕 전하께서 친히 납시셨습니다!"

"아니 왜?"

세면을 하다가 총관 구상천(具霜天)의 보고를 받고 버섯발로 나선 북경상련의 부총수 연소동은 부지불식간에 반문하다가 퍼뜩 정신을 차렸다.

지금 그게 문제가 아닌 것이다.

그는 얼른 말을 바꾸어서 물었다.

"잠행을 하신 겐가?"

"아닙니다! 위국공과 다수의 대소신료들을 대동하셨고, 친위대장 이하문(李河紋)이 이끄는 백인대(白刃隊)와 왕부의 어림군

이백여 명을 거느린 정식 행차십니다!"

"……!"

연소동은 입이 떡 벌어졌다.

이건 예고도 없이 방문한 것을 떠나서 전례에 없는 일이었다.

"대체 무슨 일로……?"

얼떨결에 다시금 쓸데없는 질문을 흘리던 그는 이내 아차 하고는 허겁지겁 의복을 갖추며 물었다.

"그래 지금 어디로 모셨나?"

"객청은 예의가 아닌 것 같아서 우선 금청(金廳)으로 모셨습니다. 아니, 그리하라 일렀습니다."

금청은 북경상련의 총단 역할을 하는 방 장자의 저택에서 가장 잘 꾸며진 별채였다.

"잘했네. 잘했어. 아닌 밤중에 홍두깨라더니, 아침 댓바람부터 대체 이게 무슨 날벼락인가 그래."

연소동은 다행이라는 듯 치하하며 서둘러 방을 나서다가 이내 깨달으며 문가에 멈춰서 구상천을 돌아보았다.

"아니, 자네가 여기에 있는데, 대체 누가 지금 전하를 모시고 있단 말인가?"

구상천이 깜빡했다는 듯 이마를 치며 대답했다.

"아아, 제가 그만 경황이 없어서 가장 중요한 것을 빠트렸네요. 소주가 안내하고 있습니다."

"소수……? 후계자가 말인가?"

"예, 어떻게 알았는지 저보다 먼저 연왕 전하의 행차를 대문에서 맞이하고 있더군요. 연왕 전하 행차에 소주의 친구라는 그 설 소협이 동행하고 있었는데, 아마 그와 무관하지 않을 겁니다."

"아니, 이 사람이……!"

연소동은 눈을 부라리며 버럭 고함을 내질렀다.

"그걸 왜 이제야 말해!"

"그, 그게 제가 나갔을 때는 이미 소주께서 연왕 전하를 맞이하고 있었고, 또 설 소협이 연왕 전하와 함께 있기는 해도 애초에 동행한 건지 소주와 같이 맞이한 건지 잘 모르겠어서…… 근데, 생각해 보니 아무래도 동행한 것 같아……."

"됐네, 됐어! 관두고 어서 가세!"

연소동은 쩔쩔매며 변명하는 구상천의 입을 막고는 부리나케 방을 나서서 금청으로 달려갔다.

금청은 고대광실의 전범인 방 장자의 저택에 꾸며진 다섯 개의 별채 중에서도 가장 넓은 정원을 자랑했으나, 오늘은 매우 비좁게 느껴졌다.

질서정연하게 도열한 왕부의 군사들만으로도 비좁아 보였는데, 어느새 적지 않은 사람들이 모여들어서 더욱 그랬다.

"무슨 구경났어? 창피하게 왜들 이래? 다들 어서 돌아가서 볼일 들 봐!"

연소동은 정원을 에둘러서 기웃거리는 사람들을 비집고 나서며 소리쳤다.

눈치껏 돌아서는 사람들도 있었으나, 아랑곳하지 않고 자리를 지키는 사람들이 더 많았다.

후계자 문제로 갈라진 파벌로 인해 북경상련의 기강이 어느 정도나 해이해져 있는지를 여실히 보여 주는 광경이었다.

"자네가 처리해!"

고개를 절레절레 흔든 연소동은 어쩔 수 없이 장내의 정리를 구상천에게 맡기며 도열한 군사들을 가로질러서 대청으로 향했다.

대청으로 들어가려는 그의 전면으로 두 자루의 장창이 교차되었다.

대청의 문에 서 있던 두 명의 병사가 수중의 장창을 기울여서 그의 진입을 막은 것이다.

"신분을 밝히시오."

연소동은 눈살을 찌푸렸다.

여기는 방 장자의 저택이기 이전에 북경상련의 총단이고, 그는 명색이 북경상련의 부총수라는 지고한 신분이었다.

평소 같으면 화를 내도 열 번은 더 내야 마땅한 일이나, 그는 감히 왕부의 친위대에게 그럴 수가 없었다.

약간의 짜증이 섞인 말투는 그로서도 어쩔 수 없는 일이었지만 말이다.

"북경상련의 부총수인 연 아무개가 바로 나요."

병사들은 그의 신분을 듣고도 사과는커녕 가타부타 아무런 말도 없이 그저 교차해서 막은 창날만 거두었다.

"큼!"

연소동은 불편한 감정을 헛기침으로 내색하며 문을 열고 금청의 대청으로 들어갔다.

금청은 정원도 그랬지만, 내부인 대청도 상당한 규모였다.

그러나 안으로 들어선 연소동은 대청도 정원만큼이나 비좁게 느껴졌다.

내벽을 따라 줄지어 도열한 왕부의 친위대를 제외하고도 이미 그보다 먼저 도착한 총수 일가와 북경상련의 요인들이 대청을 가득 매우고 있었던 것이다.

다만 정원과 달리 대청은 조용했다.

상석에 앉은 연왕과 위국공, 설무백, 방양 등 네 사람이 미소 띤 얼굴로 조곤조곤 대화를 나누는 가운데, 고작 몇몇만이 빠진 총수 일가와 북경상련의 요인들은 그 아래 마련된 좌석에 앉아서 숨죽이고 있었다.

마치 학을 보는 닭 떼처럼 아무 소리도 없이, 말도 붙이지 못하고, 심지어 자기들끼리 수군거리지도 못하고 상석의 연왕 등을 조용히 구경만 하고 있는 것이다.

'결정났군!'

연소동은 문득 그런 생각이 들었다.

방양이, 아니, 방양의 친구라는 설무백이 어떤 조화를 부렸는지는 모르겠으나, 이런 시기에 연왕이 직접 북경상련을 방문했다는 것은 달리 이유가 없었다.

　지금 대소신료들마저 다소곳이 시립해 있는 상석에 버젓이 앉아서 연왕과 그리고 위국공과 화기애애하게 담소를 나누는 방양의 모습이 모든 것을 대변하고 있었다.

　누가 이름 붙였는지는 몰라도 아주 제대로 이름붙인 공주의 난은 이제 끝났다.

　이유 여하를 막론하고 이제 북경상련의 모든 권력은 방양의 수중으로 들어가게 되었다.

　오랜 시간 지속된 내부의 갈등이 쉽게 아물지는 않겠지만, 이제 더는 누구도 왕부의 주인인 왕야가 후견인인 방양에게 기치를 들지는 못할 것이기 때문이다.

　'부디 별 탈 없이 잘 해결되기를……!'

　문득 그렇게 기원하는 연소동의 귓가로 누군가의 목소리가 들려왔다.

　"늦으셨네요. 어서 이리 오세요. 전하께서 벌써부터 기다리고 계셨습니다."

　방양이 안으로 들어선 그를 보며 손을 흔들고 있었다.

　연소동은 연왕이 자신을 기다릴 이유가 어디에 있는지 의문을 가지는 와중에도 서둘러 총수 일가와 북경상련의 요인들을 가로질러서 연왕 등이 자리한 상석으로 올랐다.

그리고 연왕을 향해 최대한 공손하게 손을 모아서 인사했다.

"천민 연소동이 전하를 배알합니다. 그간 적조하던 참에 이렇듯 사전에 아무런 전갈도 없이 오셔서 무척이나 당황했습니다, 전하. 부디 영접이 소홀했음을 너그럽게 용서해 주십시오."

연왕이 가볍게 고개를 끄덕이는 것으로 인사를 받았다.

거만하게 보일 수도 있는 태도였으나, 그런 느낌을 아우르는 기품이 느껴져서 누구라도 개의치 않을 모습이었다.

무엇보다도 그의 태도보다는 그의 입에서 나온 말이 더 자극적이라 그런 생각을 할 수가 없었다.

"내가 본디 제대로 하는 일 하나 없이 공사다망한 사람 아니오. 아무튼, 어서 앉으시오. 안 그래도 기다리고 있었소."

"무슨 일로 소인을……?"

"뭐, 무슨 큰일은 아니고……."

연왕이 대수롭지 않게 손을 내저으며 말했다.

"한 가지 물어볼 것이 있어서 말이오."

연소동은 황망히 고개를 숙이며 물음을 청했다.

"말씀하십시오, 전하."

"다른 게 아니라……."

연왕이 말했다.

"이번에 왕부에서 세법을 조정하려는 참에 마침 실무에 밝

은 방 총수의 의견을 참고하고자 들렀는데, 방 총수가 병저
누워서 만날 수가 없다고 하더구려.”

“죄송합니다, 전하. 송구하게도 감히 기별을 넣지 못했습
니다.”

송구한 것이 아니라 당연히 연락할 수 없는 일이었다.

또한 그렇다고 연왕이 그와 같은 사실을 모른다는 것도 말
이 안 되는 상황이었다.

그러나 연소동은 정말 죄송스러운 표정을 지으며 고개를
숙이고 있었다.

이게 바로 황족과 범인의 차이였다.

“그거야 지난 일이니 됐고……”

연왕이 기꺼이 이해할 수 있다는 듯 손을 들어 보이며 계속
남은 이야기를 마저 했다.

“그래서 그냥 돌아가려다가 마침 우연찮게 만난 아우의 말
을 들어 보니 여기 이 젊은 상재가 북경상련의 후계자라고 해
서 의견을 묻고자 했더니만, 아, 글쎄 이 친구 말이 아직 자신
에게 그만한 실권이 없다고 하질 않소. 그래서 적으나마 안면
이 있는 그대를 기다렸소.”

은연중에 미간을 찌푸려서 불편한 심기를 표현한 연왕이
나직하나 준엄하게 들리는 목소리로 따졌다.

“아니, 후계자에게 실권이 없다니? 그럼 대체 지금 북경상
련의 실권은 누가 가지고 있는 것이오? 그대요?”

연소동은 황망히 고개를 숙였다.

연신 고개만 숙이고 있어서 바보가 된 기분이었으나, 그에 겐 달리 선택의 여지가 없었다.

아니, 그냥 제정신이 아니었다.

설무백을 아우라고 호칭하는 연왕의 태도에 충격을 받아서 머리가 텅 비어 버린 까닭이었다.

"아닙니다, 전하."

"하면, 대체 누구요?"

연왕이 신랄하게 변한 목소리로 재차 물었다.

"총수의 아들이며 후계자인 사람도 가지지 못한 북경상련의 실권을 가진 자가?"

연소동은 난감해서 어쩔 줄을 몰라 했다.

답은 이미 정해져 있었으나, 서로 반목하는 총수 일가가 모두 자리한 곳에서 그의 입으로 그와 같은 사실을 말하자니 오금이 저리고 등골이 다 축축하게 젖어들었다.

지금 그가 내뱉는 말로 인해 북경상련의 미래가 정해진다는 것을 알고 있었기 때문이다.

그때,

"그대마저 대답하지 못하는 것을 보니, 진정 그러한 모양이 군."

연왕이 냉담해진 기색으로 고개를 돌려서 곁에 앉은 설무백을 향해 말했다.

"아우님, 여기 북경상련의 후계자가 아우님의 동무라는 얘기를 듣고 우형의 도리로 가까이 두려 했으나, 아무래도 그럴수 없을 것 같네. 공은 공이고, 사는 사 아닌가."

그는 자리를 털고 일어났다.

"총수가 드러누워 내일을 기약할 수 없는 마당에 아직도 전결권을 가진 사람이 없다니, 어찌 이들을 믿고 가까이 둘 수 있겠는가."

그는 이제 노골적으로 화를 표출하고 있었다.

이는 다름 아닌 북평의 실권을 행사는 황족의 분노였다.

"가까이 두기는커녕 오히려 그간 들여놓던 물건조차 다시 점검해야 할 것 같으니, 아우님에게는 미안하나, 이 우형은 이만 섭 총수나 만나 보러 가야겠네."

결정타였다.

연소동은 절로 기겁했다.

그만이 아니라 숨죽이고 있던 장내의 모두가 그와 같은 기색을 변했다.

당연한 반응들이었다.

섭 총수라면 북경상련과 경쟁하는 대정상련의 총수인 독심수사 섭자생을 말함이다.

벼락도 이런 날벼락이 없었다.

북평 순천부는 왕부, 즉 연왕부를 중심을 돌아간다. 즉, 연왕부가 들이는 북경상련의 물건을 뺀다는 것은 북경상련이 설

자리를 잃게 된다는 것과 다르지 않고, 그 자리를 대정상련이 차지한다는 것은 북상련의 몰락을 뜻하는 것이었다.

무조건 막아야 했다.

"오, 오해십니다, 전하! 고, 고정하십시오, 전하! 소인은 그저 전하께서 너무나도 당연한 말씀을 하시기에 잠시 머뭇거렸을 뿐입니다!"

연왕이 삐딱하게 연소동을 바라보았다.

"너무나도 당연한 말이라니……?"

"예, 그렇습니다. 당연한 말이지 않고요."

연소동은 그것만은 막아야 한다는 결의로 무작정 나서서 바닥에 머리를 조아리며 부연했다.

"총수께서 내일을 기약할 수 없이 누워 계신 마당에 총수께서 정한 후계자에게 북경상련의 전권이 없다면 대체 누가 그걸 가지고 있겠습니까. 후계자가 전하께 그와 같은 말을 고한 것은 그저 아버님을 생각하는 후계자의 세심하고 미려한 겸손일 뿐, 그 이상도 이하도 아닌 것입니다. 통촉하여 주시옵소서. 전하!"

연왕이 삼엄하던 기색을 풀고 의미한 미소를 입가에 머금으며 연소동을 바라보았다.

"정말 그러한 것이오?"

연소동은 은근하게 변한 연왕의 목소리를 듣고서야 자신의 실태를 깨달았으나 이제는 돌이킬 수 없고, 돌이켜서도 안 된다는 사실을 동시에 느꼈다.

그는 장내의 모두에게 던지는 선언처럼 연왕의 질문에 대답했다.

"확실히 그러합니다, 전하!"

연왕은 돌아갈 때도 올 때와 마찬가지로 아무런 예고도 없이 불쑥 일어났다.

날벼락처럼 나타나서 태풍처럼 북경상련을 뒤집어 놓고 유유히 사라지는 것이다.

그러나 돌아가기 전에 나름 세심하게 못을 박아 두는 것도 잊지 않았다.

연왕은 대문 밖까지 마중 나온 북경상련의 총수 일가와 모든 요인들 앞에 두고 보란 듯이 설무백과 방양을 따로 불러서 친근하게 어깨동무를 하며 속삭였다.

"잠시 이러고 있게."

"……?"

"그냥 보여 주는 걸세. 내가 오늘 아우님과 자네에게 보인 호의의 크기가 다른 누군가에게는 아우님과 자네가 해를 당할 경우에 내가 가질 분노의 크기로 보일 테니, 그 크기를 키워놓는 게야. 물론 발본색원(拔本塞源), 삭초제근(削草除根)은 아우님과 자네의 몫이니 내가 상관할 바는 아니고."

방양이 절로 고개를 숙였다.

"황공합니다, 전하."

연왕이 어깨동무를 풀며 웃는 낯으로 그의 어깨를 두드려 주었다.

"자네는 아우님에게 잘하고……."

그의 시선이 설무백에게 돌려졌다.

"아우님은 이 우형에게 잘하면 그만인 일일세."

설무백은 진심을 담아서 감사를 표했다.

"혹시나 오늘 형님의 행차가 누가 되지는 않을지 걱정입니다."

문득 연왕의 입술에 씁쓸한 미소가 떠올랐다.

"일개 상단의 문제에 이처럼 거창한 행차를 앞세워서 위세를 부렸으니, 속 좁은 철부지 황족의 교만한 작태로 보여서 한동안 뒤에서 욕은 좀 먹을 테지만, 걱정 말게. 지금의 나는 그게 오히려 속편하고 좋다네."

그냥 듣고 가볍게 지나칠 수 있는, 아니, 지나쳐야 하는 말이었으나, 설무백은 그러지 못했다.

전생의 기억을 통해서 전후 사정을 다 알기에, 방황하는 연왕의 깊은 고뇌를 익히 짐작하기에 그냥 넘어갈 수가 없었다.

다만 그는 감히 직접적으로 묻지 못하고 에둘러 말했다.

"하긴, 사람 사는 것이 다 그렇지요. 보이는 게 다가 아니지만, 보이는 게 다여야 할 때도 있지요. 하지만 뜻을 가지고 있을 때는 그래도 좋지만, 뜻을 가지고 있지 않다면 그건 너무 허망한 인생이 아닌가 합니다. 이 아우는 부디 형님이 후자가 아닌 전자이기를 기대합니다."

연왕이 예사롭지 않게 변한 눈빛으로 그를 바라보며 입가의 미소를 한결 더 짙게 드리웠다.

"선택으로 이루어진 인생을 살아야지, 강요로 얼룩진 인생을 사는 건 이 우형도 싫다네. 하지만 사랑하는 마음만으로는 가질 수 없는 사람이 있는 것처럼 싫다고 운명을 거스를 수는 없는 법이야. 운명이 그래서 운명이 아니겠나."

설무백은 이 말이 연왕의 진심인지 아닌지 알 수가 없어서 굳이 수긍하지 않고 말꼬리를 잡았다.

"외람된 말이나, 운명은 선택을 강요할 뿐, 선택해 주지는 않습니다. 가던 길이 만 리 가시밭길이나 천 길 낭떠러지로 막혔어도 전진해야 하나, 후퇴해야 하나, 아니면 그냥 멈추어야 하나를 선택하는 것은 오롯이 사람의 몫이 아니겠습니까."

연왕이 무거운 안색을 풀며 물끄러미 그를 바라보다가 새삼 어깨동무를 하며 가까이 달라붙어서 귀엣말로 속삭였다.

"아우님의 그 말에 수백만 아니, 어쩌면 수천만 명의 목숨이 걸려 있다는 것은 아는가?"

설무백은 바보처럼 눈을 끔뻑이며 고개를 저었다.

그건 알아도 몰라야 하는 일이었다.

"무슨 말씀이신지……?"

연왕이 머리를 한 대 맞은 표정을 짓다가 이내 어깨동무를 풀며 크게 웃었다.

"하하하……!"

이내 웃음을 그친 그는 도무지 모르겠다는 듯 고개를 절레절레 흔들며 말했다.

"아우님은 정말이지 보면 볼수록 신기해. 이럴 때보면 영락없이 산전수전 다 겪은 영감태기보다 더하단 말이지."

갑자기 터트린 박장대소와 난데없는 그의 평가는 말문을 돌리려는 노력을 것이다.

설무백은 예리하게 그걸 파악하고는 장단을 맞추었다.

"아직 약관도 안 된 제게 그런 평가는 욕입니다, 형님."

"칭찬이야, 칭찬. 그것도 아주 좋다는 칭찬."

연왕이 웃는 낯으로 대꾸하고는 새삼 그의 어깨를 두드려주며 작별을 고했다.

"사담이 길었군. 이제 그만 가네만, 바쁘네 뭐네 괜한 핑계 대지 말고 왕부로 자주 놀러 오게. 요즘 내가 아주 적적해."

대기하던 사인교에 몸을 실으며 그가 남긴 이 말은 매우 높은 언성이었다.

장내의 모두에게 들으라는 소리인 것이다.

연왕은 그렇게 딱히 하는 일 하나 없이 따라나선 대소신료와 수백 명의 군사들을 이끌고 그들의 시야에서 멀어져 갔다.

말 그대로 한바탕 태풍이 몰아치다가 사라진 느낌이었다.

장내에 남겨진 모든 사람들의 표정과 분위기가 그와 같았다.

방양이 기세 좋게 휘적휘적 그런 사람들 사이를 가로지르며 말했다.

"전하께서 오늘 중으로 검토하고 결정해 달라는 몇 가지 사안이 있으니, 다들 취의청으로 모이십시오."

장내의 모두가 방양을 따라갔다.

여전히 시기와 질투, 불복 어린 눈빛들이 적지 않았으나, 적어도 대놓고 그의 지시를 거부하는 사람은 이제 하나도 보이지 않았다.

권력을 가진 한 사람이 얼마나 대단한 영향력을 발휘할 수 있는지를 여실히 보여 주는 상황이었다.

만일의 사태에 대비해서 비교적 사리에 밝고 눈치도 빠른 풍사를 방양에게 붙여 둔 설무백은 조용히 그 자리를 벗어나서 방 장자를 모셔 둔 방양의 거처로 돌아갔다.

예상대로 병세가 호전되고 있는 방 장자의 상태를 살피고 나서 약간의 시간이 지나자, 왕인이 그를 찾아왔다.

그들은 알게 모르게 시선을 교환해서 만나기로 약속을 했던 것이다.

"대체 어떻게 된 일이지? 왕 아재가 왜 연왕부의 담을 지키고 있는 거야?"

"별일 아닙니다. 오는 것이 있으면 가는 것도 있는 것이 인지상정 아니겠습니까. 연왕 전하 덕분에 편해지신 주군께서 저를 포함한 몇몇 위관들을 보내서 은혜를 갚는 것뿐입니다."

"똑바로 말해."

설무백은 힘주어 확인했다.

"있는 그대로 그저 은혜를 갚는 거야, 아니면 아버님이 전하와 한배를 타신 거야?"

왕인이 냉담하게 대답을 회피했다.

"제가 소주께 드릴 수 있는 설명은 그게 답니다. 집을 나가서 독립한 녀석에게는 무슨 일이 있어도 입을 다물라는 주군의 엄명이 있었습니다."

"독립?"

설무백은 황당했다.

"내가 왜 집을 나와서 이러고 있는지 몰라서 그래?"

"집을 나온 이유야 알죠."

왕인이 너무나도 당연하다는 듯이 수긍하고는 이내 얄미운 미소를 지으며 덧붙였다.

"근데, 문제가 해결되었음에도 귀가를 안 하고 이러고 있는 이유는 전혀 모르죠."

설무백은 절로 눈살을 찌푸렸다.

"그게 무슨 소리야. 아직 근본적인 문제가 해결된 것이 아니잖아."

"전하의 말씀을 들어 보니, 아닌 게 아니던데요? 이런저런 사정으로 이제 그 인간은 더 이상 주군께 신경을 쓸 겨를이 없다고 하셨습니다."

"그거야 전하의 생각이고……."

"주군의 생각도 같습니다!"

왕인이 단호하게 말을 끊으며 그를 외면했다.

"그러니 핑계를 대시려거든 제게 이럴 게 아니라 주군을 찾아뵙고 직접 말씀하십시오. 저는 이 정도도 나중에 주군께 혼쭐이 날 각오를 하고 말씀드린 겁니다."

설무백은 쓰게 입맛을 다셨다.

왕인은 사연이 있어도 아주 큰 사연이 있다고 노골적으로 드러내고 있었으나 설무백은 더 이상 따지고 들 수 없었다.

애초에 집을 나온 이유 자체가 핑계라고 해도 좋을 정도로 개인적인 생각을 담고 있지 않았나.

물론 아버지 설인보도 그런 그의 속내를 익히 짐작하면서도 허락해 준 것이겠지만 말이다.

사실 한편으로 굳이 캐물을 것도 없었다.

왕인의 외도에 무슨 사연이 깃들어 있는지는 굳이 설명을 듣지 않아도 익히 짐작이 갔다.

아버지 설인보가 수족과 다름없는 왕인을 연왕에게 보였다는 것 자체가 모든 것을 말해 주고 있었다.

애초에 그가 바라던 바가 이것인 것이다.

그저 연왕이 고지식하기 짝이 없는 아버지 설인보를 어떻게 구워삶았는지 신기할 따름이었다.

설무백은 그렇게 생각을 정리하고 그에 대한 관심을 끊으려다 문득 깨달으며 물었다.

"근데, 왜 소주야? 왕 아재는 늘 나를 도련님이라고 부르지 않았나?"

"아시다시피 여전히 도련님이라고 부르기에는 도련님이 너무 크신 것 같아서요."

왕인이 머쓱하게 웃으며 대꾸하고는 자리에서 일어났다.

"아무튼, 저는 이만 가 보겠습니다."

"벌써? 오랜만에 만났는데 술이라도 한잔해야지? 나도 이제 술 한 잔 걸칠 수 있는 나이가 됐으니 말이야."

"왜 이러세요? 소주께서 다섯 살 때부터 남몰래 술을 걸치신 걸 내가 뻔히 다 아는데."

"그, 그랬나?"

설무백은 뻘쭘해졌다.

왕인이 피식 웃으며 말했다.

"오늘은 마신 것으로 하고 나중에 다시 기회를 보도록 하지요. 전하께 허락을 받긴 했지만, 그것 자체가 다른 사람들에게 눈치를 받을 만한 특혜입니다. 주군께 조금이라도 누가 되지 않도록 처신해야 하지 않겠습니까."

"뭐 그러면 그러든지……."

"그럼 저는 이만……!"

왕인이 정중하게 포권의 예를 취하고 돌아섰다.

그러나 밖으로 나가지 못하고 그대로 서 있었다.

홀연히 모습을 드러낸 혈영과 사도가 그의 앞을 막아선 까닭이다.

왕인이 고개를 돌려서 설무백을 보며 물었다.

"이 친구들 왜 이러죠?"

설무백은 대수롭지 않게 대꾸했다.

"자존심이 상해서 그래. 전에 왕 아재에게 들키는 수모를 당했잖아."

왕인이 곤란하다는 표정을 지었다.

"그럼 싸워야 하는 건가요?"

"응. 근데, 지금은 바쁘다며? 그냥 나중에 싸워 주겠다는 약속이나 해 주고 가."

설무백을 말을 들은 왕인이 그 말을 그대로 따랐다.

"오늘은 바쁘니 나중에 싸웁시다. 아니, 싸워 주겠소."

혈영과 사도가 누가 먼저랄 것도 없이 동시에 묵묵히 고개를 끄덕이며 좌우로 물러나서 길을 내주었다.

왕인이 다시금 설무백을 돌아보며 전에 없이 헤픈 얼굴로 웃었다.

"풍사와는 다르네요. 그 친구였다면 내가 너를 언제 봤다고 믿겠냐며 이렇게 곱게 보내 주지는 않을 텐데 말이죠."

"다르지 않아. 그저 왕 아재가 아니라 나를 믿을 뿐이지. 그보다……."

설무백은 대수롭지 않게 대꾸하고 은근슬쩍 덧붙여 물었

다.

"왕부에 있는 다른 친구들은 구대 문파의 제자들인 거지?"

왕인이 넘어가지 않고 피식 웃으며 고개를 저었다.

"그 수법은 주군에게 수십 번도 더 당해 봐서 아주 인이 백
인 터라 이젠 안 넘어갑니다. 그럼 저는 이만!"

그는 더는 뒤도 안 돌아보고 서둘러 밖으로 나갔다.

설무백은 그저 손을 내젓고 말았다.

약간 아쉽긴 했으나, 그걸 확인해 볼 방법은 얼마든지 있
었다.

그때 내내 설무백의 뒤에서 침묵하고 있던 공야무륵이 시
무룩한 표정으로 넌지시 말을 건넸다.

"저도 대내무반의 무공에 아주 관심이 많습니다, 주군."

설무백은 어련하겠냐는 듯 그의 시선을 외면하며 말했다.

"나중에 한번 부탁해 봐. 지금 상황이 그래서 그렇지 싸움
을 마다할 사람이 아니니까."

공야무륵의 표정이 밝아졌다.

그러다가 그는 문득 안색을 바꾸며 물끄러미 설무백을 응
시하며 불쑥 물었다.

"그건 그렇고, 왜 그러시는 겁니까?"

"뭐가?"

"모든 일이 다 잘 처리된 것 같은데, 어째 주군께서는 아까
부터 왠지 속빈 강정처럼 설렁설렁 행동하고 계시지 않습니

까. 혹시 무슨 다른 걱정이라도 있는 겁니까?"

설무백은 내심 쓰게 웃었다.

가장 눈치가 없다고 생각한 사람이 가장 먼저 그의 속내를 읽고 나서니 적잖게 겸연쩍기까지 했다.

공야무륵은 미욱해 보일 정도로 단순할 뿐, 아둔하지도, 무지하지 않은 것이다.

설무백은 새삼 그와 같은 사실을 깨달으며 솔직하게 대답했다.

"이제 가장 큰일이 남아서 그래."

"대체 어떤 큰일을 말씀하시는 것인지, 저는 잘……?"

공야무륵은 도무지 모르겠다는 표정이었다.

설무백은 무거운 한숨을 내쉬며 설명했다.

"마음을 비우면 본성이 드러나는 법이지. 그간 북경상련을 노리던 사람의 심정이 지금 그럴 거야. 그래서 그래. 안 그랬으면 좋겠는데, 너무도 당연히 물불 안 가리고 최후의 수단을 쓸 것 같아서."

공야무륵이 곰곰이 생각하는 듯하다가 말했다.

"저는 그저 너도나도 북경상련을 노린다고 생각하고 있었는데, 그게 아니라 주범은 하나라는 소리군요. 그리고 주군께서 짐작하는 그 주범은 밖으로 드러나서는 안 되는 인물이라는 뜻이고 말입니다."

역시나 예리한 추론이었다.

설무백은 새삼 속으로 감탄하며 애써 무심하게 말했다.

"일단은 그러지 말기를 기대하며 기다려 보자. 아직은 추론에 불과하고, 추론은 그저 추론으로 끝나는 법이 흔하니까."

그러나 그의 기대야말로 그저 기대에 불과했다.

그가 염두에 두고 있는 주범은 역시나 가만히 있지 않고 최후의 수단을 강구했다.

우려하던 대로 물불 안 가리고 방양의 목숨을 노린 것이다.

⚜

북경상련의 총수인 방 장자, 방소의 양자이자, 이제 명실공히 북경상련의 실질적인 후계자가 된 방양은 아는 사람은 다 아는 상술의 귀재이자, 처세의 달인이었다.

최근 북경상련이 이룩한 성과의 대부분이 그의 머리에서 나왔다고 해도 과언이 아닐 정도이니 말이다.

일예로 지금은 비록 남맹과 북련의 싸움으로 어쩔 수 없이 중단되었지만, 방 장자조차 내내 기회만 엿보았을 뿐 감히 엄두를 내지 못하던 남만(南蠻 : 묘강(苗疆)이라고도 한다. 지금의 월남, 태국, 미얀마 지방을 통틀어 일컫는 말)으로의 상로를 개척한 것이 그였고, 그 땅의 소수민족들 중에서 가장 방대한 영역을 지배하는 이족(夷族)과의 거래를 튼 것도 그였다.

방양이 아직 약관도 안 된 어린 나이에 양자라는 태생적인 한계를 극복하고 북경상련의 후계자로 지목된 데에는 그와 같이 다대한 성과가 빛을 발했기 때문이었다.

그러나 빛이 있으면 어둠이 있는 것처럼 그도 어쩔 수 없는 약점을 가지고 있었다.

선천적인 절맥(絶脈)으로 인해 더 없이 나약한 신체가 바로 그것이었다.

하늘은 그에게 뛰어난 상재(商材)를 주는 대신 무력한 육체를 하사했던 것이다.

물론 절맥은 단명을 부르는 불치병이나, 그를 아끼는 방 장자가 일찍이 알게 모르게 물 쓰듯이 돈을 써서 긁어모은 각종 영약으로 치료해서 단명은 면하게 되었다.

다만 그게 다였다.

방 장자가 구한 그 어떤 영약도 나약한 그의 육체를 강건하게 바꾸어 주지는 못했다.

재기발랄함을 타고났고, 열여덟 살 처녀보다 더 호기심 많은 그가 그 어떤 무공도 반 초식조차 익히지 못하며, 하루 한나절은 필히 시름시름 앓듯이 잠드는 이유가 거기에 있었다.

그러나 연왕이 태풍처럼 북경상련을 휩쓸고 돌아간 날로부터 나흘 동안의 그는 달랐다.

방양은 나흘 내내 이를 악물고 전에 없이 쪽잠을 자며 과중한 업무를 처리했다.

연왕의 비호를 등진 김에 조금 과하다싶을 정도로 위세를 부리며 그간 감히 엄두를 내지 못하고 있던 북경상련의 체계를 그의 중심으로 바꾸어 놓는 작업을 단행한 것이다.

결국 체력적인 한계에 부딪친 그는 더 이상 버티지 못하고 거처로 돌아와서 초저녁부터 죽은 듯이 잠들어 버렸다.

그런 그를 이질적인 감각이 깨웠다.

여긴 어딜까?

아, 내 방이지.

근데, 아직 어둡잖아?

누가 나를 잠에서 깨운 거지?

방양은 혼수상태처럼 몽롱한 의식 속에서도 사태를 파악하기 위해 애썼고, 이내 깨달았다.

마침내 어둠과 동화된 눈에도 보였다.

복면을 쓴 누군가가 그의 목에 비수를 들이대고 있었다.

"쉿!"

복면인이, 아마도 자객이 손가락을 입술에 대서 조용히 하라는 시늉을 하며 나직이 엄포를 놓았다.

"여차하면 그대로 가는 수가 있으니, 허튼수작 부리지 말고 조용히 해라."

방양은 목에서 느껴지는 비수의 서늘한 서슬과, 그보다 더 흉흉한 자객의 눈빛을 마주하고 있으면서도 이상하게 전혀 두렵지 않았다.

그에겐 믿는 구석이 있었기 때문이다.

덕분에 그는 더욱 냉정하게 사태를 파악하며 물었다.

"자객이 아니고 도둑인가? 사람을 죽이려 왔으면 그냥 죽이고 가면 되지 자는 사람을 굳이 왜 깨운 거야?"

자객이 거칠게 그의 머리채를 잡아서 뒤로 젖히며 으르렁거렸다.

"묻는 말에만 대답해라. 허락도 없이 한 번만 더 쓸데없이 지껄이면 정말 죽는다!"

방양은 자객의 말을 듣지 않았다.

"오, 궁금한 게 있으시다?"

자객이 그의 목에 댄 비수를 힘주어 눌렀다.

선뜻한 느낌과 함께 간지러움과도 같은 축축함이 목젖을 타고 아래로 흘러내렸다.

비수의 서슬에 목이 쓸린 것이다.

그 상태로, 자객이 사납게 다그쳤다.

"방 장자는 어디로 빼돌렸지?"

방양은 이제야 자객이 잠든 그를 그대로 죽이지 않고 깨운 이유를 깨달으며 음충맞은 기소를 흘렸다.

"내가 그걸 말할 것 같으냐?"

자객이 눈빛이 흔들렸다.

목숨이 경각에 달린 상황에서도 일말의 흔들림조차 보이지 않는 방양의 태도에 적잖게 당황한 눈치였다.

방양은 그 틈에 불쑥 물었다.

"누가 보냈느냐?"

그는 넉살을 부리듯 웃는 낯으로 재촉했다.

"확실하게 미리 말해 두는데, 나는 네가 원하는 그 어떤 말도 하지 않고 그냥 죽을 것이다. 그러니 죽이기 전에 그거나 좀 알려 주고 죽여라. 사람이 의문을 가지고 죽으면 구천을 헤맨다는데, 그건 정말 싫어서 그래."

자객의 눈빛이 다시금 흔들렸다.

대답을 해 주려는 것인지 아니면 그의 죽음을 놓고 머뭇거리는 것인지는 몰라도, 무언가 망설이는 기색이 역력했다.

방양은 아무리 봐도 전혀 자객다운 모습이 아니라는 생각이 들어서 절로 물었다.

"너 초심자구나?"

자객의 눈빛이 변했다.

여태까지 느낄 수 없었던 진한 살의가 드러난 눈빛이었다.

방양은 순간 선을 넘었다는 기분이 들어서 아차 하고는 서둘러 주변을 살폈다.

내심 믿던 구석을, 바로 설무백의 존재를 찾는 것이었다.

설무백은 무슨 일이 있어도 이렇듯 방만하게 그를 방치할 사람이 아니었다.

솔직히 말해서 처음에는 정도를 알 수 없는 무지막지한 뛰어남에 주눅이 들어서 질투와 시기도 했으나, 이제는 자랑이 되어 버렸을 정도로 그는 철저히 설무백을 믿고 있었다.

그런데.

"어라?"

방양은 눈을 씻고 봐도 도무지 설무백의 존재를 찾을 수가 없었다.

그리고 그는 뒤늦게 자신의 능력으로 설무백의 존재를 파악한다는 것이 얼마나 어리석은 짓인지 깨달으며 소리쳤다.

"이봐, 친구. 나 언제까지 이러고 있어야 하는 거야?"

역시나 설무백이 응답했다.

"쯧쯧, 조금만 더 참고 설득해 보지 그랬어. 저 친구 매우 갈등하는 기색이 역력했는데 말이야."

매우 아쉽다는 듯 혀를 차며 타박하는 목소리와 동시에 설무백의 신형이 그의 시선에, 즉 그의 머리채를 잡고 목에 비수를 대고 있는 자객의 뒤에서 유령처럼 홀연히 나타났다.

"......!"

자객이 기겁하며 반사적으로 돌아서며 방양을 잡아끌어서 방패처럼 앞에 내세웠다.

와중에도 방양의 목에 대고 있는 비수가 조금도 어긋나지 않았을 정도로 기민하면서도 차분한 대응이었다.

반색하던 방양이 억울하다는 표정으로 하소연했다.

"똥줄이 타는데 어찌 더 버티겠나. 보다시피 이 친구는 어딘지 모르게 자객답지 않긴 해도 매우 뛰어난 고수라고. 나처럼 그저 허우대만 멀쩡한 상인이 상대할 수 있는 친구가 절대 아니야."

자객이 방양의 목에 댄 비수를 바싹 당기며 으르렁거렸다.

"입 닥치지 못해! 한마디만 더 지껄이면 진짜 죽는다!"

방양은 얼굴을 죽상으로 바꾸었으나, 그와 무관하게 자객의 말을 듣지 않았다.

"보라니까. 이 마당에도 이렇게 침착하잖아."

자객의 두 눈에 살기가 감돌았다.

설무백은 예리하게 그것을 간파하며 재빨리 말했다.

"괜한 목숨 버리지 말고 그만두지?"

자객이 그를 노려보며 코웃음을 날렸다.

"설마 지금 내가 이놈의 목줄을 따는 것보다 네가 더 **빠를** 거라고 자신하는 거냐?"

"아마도?"

"흥! 내 실수는 인정하마. 네놈의 은신술이 이 정도로 뛰어날 줄은 미처 예상하지 못했다. 근데, 말이야. 고작 그따위 실수로 나를 그리 무시하면 매우 곤란해. 이자의 목숨을 포기하기 싫다면 말이야."

"무시할 만하니까 하는 것 아닐까?"

설무백의 말을 들은 자객이 정말 눈에 거슬린다는 듯 사나운 눈초리로 웃었다.

"꽤나 광오한 종자군. 아니, 그냥 제정신이 아닌 건가? 이봐, 기생오라비처럼 생긴 너. 눈깔이 장식인가 본데, 자랑은 아니지만, 나 꽤나 빠른 사람이야. 설령 천하 십대 고수의 하나라도 내 앞에서는 그런 소리를 함부로 지껄이지 못할 거라고. 알아?"

설무백은 어디까지나 태연하게 대꾸했다.

"말이 많다는 것은 그만큼 불안하다는 뜻이지. 너 지금 불안하지? 내가 정말 그럴 수 있는 인간으로 보여서?"

복면에 뚫린 구멍 사이로 빠끔히 드러난 자객의 두 눈빛이 서릿발처럼 싸늘하게 변했다.

"잘못 봤어. 불안한 게 아니라 호기심이 생긴 거야."

"이해해. 하지만 참아, 그 호기심."

설무백은 대수롭지 않게 잘라 말했다.

"평생을 좁은 곳에서 살면 누구나 다 그 좁은 곳이 세상의 전부라고 생각하는 법이지. 개미가 자신의 여왕을 손가락 하나로 꾹 눌러서 죽일 수 있는 사람의 존재를 모르는 것처럼. 개미로 빗댔지만 소위 우물 안 개구리라는 소리다. 바로 네가 말이야."

자객의 눈빛이 한순간 더 싸늘하며 살기를 뿌렸다.

방양의 목에 댄 비수를 잡은 그의 손에 힘줄이 돋는 것과 동시에 벌어진 일이었다.

당장에 비수로 방양의 목을 그어 버릴 것처럼 보이는 순간이었다.

그러나 정작 자객은 비수를 당기는 대신 방양의 신형을 설무백을 향해 던지듯이 밀어 버리며 공중으로 비상했다.

고도의 기만술이었다.

애초에 자객은 방양을 죽일 생각이 없었다.

단지 눈빛과 팔 근육의 미세한 준동만으로 방양을 죽일 것 같은 느낌을 주어서 설무백을 동요하게 만들고, 정작 방양의 신형을 내던져서 설무백의 시야를 가리며 도주를 감행하는 것이다.

자객의 그 수법은 매우 유효했다.

설무백은 순간적으로 행동에 나서려다가 돌발적인 자객의 행동에 반응해서 그대로 멈춰 최고의 신법을 발휘하기 위해 끌어 모았던 내공진기를 날아오는 방양을 받아 드는 데 사용했다.

상당한 내공을 소유한 고수가 전력을 다해서 내던진 사람이었다.

만약 그대로 두었다면 방양은 벽에 혹은 바닥에 처박혀 머리가 박살났을지도 모른다.

물론 설무백은 고도의 허공섭물로 방양의 신형을 바로잡으며 움직여서 자객의 진로를 막아설 수도 있었다.

능히 그 정도 되는 고수가 지금의 그였다.

그러나 그는 그러지 않았다. 굳이 그럴 필요가 없었다.

아니나 다를까, 치밀한 작전에 성공한 자객은 천장을 뚫고 밖으로 도주하지 못했다.

꽝-!

거친 폭음과 함께 비상했던 자객이 허무하게 바닥으로 내려섰다.

비상했을 때보다 배는 더 빠른 속도였고, 그의 의지와 무관한 후퇴였기에 절로 한무릎을 꿇어야 하는 착지였다.

육탄으로 천장을 들이받으려는 순간에 홀연히 나타나서 앞을 막아서는 상대와 장력을 교환하고, 그 반력으로 추락해 버린 것이다.

그런데 그것으로 인해 자객이 방양의 말마따나 상당한 고수라는 사실이 입증되었다.

자객의 앞을 막아선 상대는 바로 공야무륵이었는데, 그 역시 막대한 반탄력에 저만치 튕겨 나가고 있었다.

그러나 그보다 더 놀라운 것은 벽에 등을 부딪치는 와중에 소리친 공야무륵의 감탄이었다.

"수라죽선장(修羅竹扇掌)!"

설무백은 새삼스러운 시선으로 검은 살쾡이처럼 바닥에 웅크린 자객을 바라보았다.

자객의 한손에 들린 거무죽죽한 빛깔의 부채가 그제야 그의 시선에 확연히 들어왔다.

죽화선이었다.

'대력귀!'

설무백은 절로 미소를 지었다.

인생하처불상봉(人生何處不相逢)이라던가.

세상은 넓고도 좁아서 만날 사람은 굳이 찾지 않아도 언제 어디서고 만나게 된다고 하더니, 딱 그 짝이었다.

우습지 않게도 예상 못한 장소에서 과거 낭왕의 그림자 신영의 후예와 조우한 것이다.

그는 준엄하게 소리쳤다.

"신영 어른의 절대신공이 고작 도둑질하는 데 쓰인다고 해서 매우 실망했는데, 이젠 살수 짓까지 하는 거냐?"

무언가 다른 술수를 부리려는 듯 잔뜩 웅크리고 있던 자객이 그대로 굳었다.

설무백을 바라보는 그의 눈빛이 더할 수 없는 의혹과 불신으로 물들어 가고 있었다.

예상대로 자객은 과거 낭왕의 그림자, 신영의 후예라는 방증이었다.

다음 권으로 이어집니다

꿈의 도약, 로크에서 하십시오
(주)로크미디어에서 신인 작가를 모십니다

즐거운 세상, 로크미디어는 꿈을 사랑하고 도전을 두려워하지 않는 작가 분들의 참신한 작품을 기다리고 있습니다. 21세기 장르 문학계를 이끌어 갈 차세대 선두 주자 (주)로크미디어에서 여러분의 나래를 활짝 펴 보시길 바랍니다.

모집 분야 판타지와 무협을 포함한 장르 문학
모집 대상 아마추어 작가, 인터넷 작가
모집 기한 수시 모집

작품 접수 시 유의 사항

1. 파일명은 작가명_작품명.hwp형식을 갖춰 주십시오.
1. 파일에 들어갈 내용은 다음과 같습니다.
   - 성명(필명인 경우 실명을 밝혀 주세요), 연락처, 이메일 주소
   - 제목, 기획 의도
   - A4용지 1장 분량의 등장인물 소개
   - A4용지 2장 분량의 전체 줄거리
   - 본문
1. 작품이 인터넷에 연재되고 있다면, 게시판명과 사이트의 구체적이고 정확한 주소를 기재해 주십시오.

선택된 작품은 정식 계약 후 출판물로 간행되어 전국 서점에 유통됩니다.
작가 분은 (주)로크미디어의 전폭적인 지원하에 전속 작가로 활동하시게 됩니다.
※ 자세한 내용은 로크미디어 홈페이지(rokmedia.com)를 참조하세요.

(03920)서울시 마포구 성암로 330 DMC첨단산업센터 3층 318호
(주)로크미디어 편집부 신간 기획 담당자 앞
전화 : 02) 3273-5135
www.rokmedia.com   이메일 : rokmedia@empas.com

비정규직 매니저

자카예프 현대 판타지 장편소설

『이것이 법이다』작가 자카예프
이번에는 부조리가 난무하는 연예계에 뛰어든다!

군대 선임의 허세에 속아 매니저를 시작한 박주혁
유명 연예인의 매니저로 띵띵거릴 줄만 알았는데
현실은 5분 대기조 못지않은 땜빵 로드?

무시는 기본, 최저임금도 안 되는 박봉인 데다
설상가상으로 버려진 걸 그룹까지 떠안게 되는데……
자살한 선배의 꿈을 꾼 이후부터는 이상한 빛까지 보인다!

어라? 그런데 이 빛, 도움이 된다?

꺼진 불도 다시 보고, 망한 스타도 다시 보자!
내 연예인에게만 따뜻한 재기 전문 매니저가
막힌 앞길을 시원하게 뚫어 드립니다!

노가다로 게임지존

스노우베어 게임 판타지 장편소설

**누군가에겐 지옥 같은 난이도
나에겐 인생 역전의 기회!**

게임 작업장에서 대게잡이까지
빚 때문에 노예 같은 삶을 살던 민혁
트럭에 치여 죽은 줄만 알았는데
눈을 떠 보니 20년 전……?

이번에는 다른 삶을 살겠다!
그토록 바라던 억만장자 드림 라이프를 위해
돈 되는, 통칭 갓 겜 '루나틱'에 뛰어드는데……

"아니, 이게 어렵다고?"

한 달 내내 망치만 두드려도 질리지 않는 노가다 적성!
다년간 몸에 밴 작업장 경험!
거기다 게임의 20년 치 패치 정보까지!

**회귀에, 정보에, 끝없는 노력까지?
이 게임, 노가다로 끝을 보겠다!**

ROK MEDIA